中公文庫

まぼろしの軍師

新田次郎歴史短篇選

新田次郎
細谷正充編

JN009549

中央公論新社

目次

まぼろしの軍師

新田次郎歴史短篇選

梅雨将軍信長

一

雨はひとしきり激しく降り、しばらくは小やみとなってまた音を立てて降った。むし暑い夜だった。

永禄三年（一五六〇年）五月十八日、梅雨に煙る清洲《きよす》の城内には灯がともされ、大広間では軍議がつづけられていた。

駿河《するが》、遠江《とおとうみ》、三河を併せ得た今川義元の四万の大軍は、尾張との国境沓掛《くつかけ》にせまりつつあった。梅雨による河川の氾濫《はんらん》のような勢いで押し出して来る今川義元の軍勢のために織田軍の砦《とりで》は次々と陥落していった。

今川義元にとってはむしろ意外なほどもろい相手であり、織田信長にとっては、想像以上の強大な軍隊の進撃の前に、なにひとつ打つべき手はないもののようであった。

軍議は攻防いずれの道を選ぶかにあった。

佐久間信盛は城を出て戦うことを主張し、柴田勝家は籠城《ろうじょう》して今川軍を迎えうつことがこの際有利であると力説した。重臣林佐渡守の口は重かった。彼の顔には、勢力分布図がこうはっきりして来た以上、今川義元と和睦するのが良策だといいたそうな顔をしていたが、信長の手前それはいい出せずに、黙っていた。軍議に列席した面々もまたそれぞれが出撃派と籠城派に分れて論じ合っていた。織田一族の興亡は直接彼等の生命につながる問題だった。論じ合っている者は主戦論者であり、和平派は黙っていた。軍議はしばしば本議を逸脱して感情論に走った。

「すると貴殿は鷲津《わしづ》城や丸根城を見殺しにするつもりなのか」

佐久間信盛がはげしい口調で柴田を攻めた。その言葉で、それまで黙っていた織田信長の眉《まゆ》がぴくりと動いた。鷲津城には織田の一族織田玄蕃《げんば》信平が守っていたし、丸根の砦は佐久間信盛の兄佐久間大学盛重が守っていた。

「見捨てるつもりはない。われわれが、籠城ときまれば今川義元は主力をこっちに向けて来るから、鷲津、丸根の両城の攻撃は手薄となる、その機を見て、両城から打って出て、今川軍の後方を攪乱《かくらん》するのだ」

勝家が言った。

「そんな戦法は貴殿から教わらなくても、重々知っている。問題は今だ、物見によれば、今川軍は既に鷲津、丸根の攻撃にかかっている。おそらく、今川勢は、両城を攻め取ることに全勢力を傾けるだろう、両城が落ちれば、敵は一挙に名古屋へ流れ込む、そうなればもう尾張は今川のものとなるのだ。鷲津、丸根の城こそ、われらの生命線なのだ」

佐久間信盛は叫ぶように言った。

だが、佐久間信盛の出撃論を支持する武将は意外に少なかった。清洲城内にいる将兵が全部出撃したとしても、千騎たらずである。千騎が四万の大軍にぶっつかったところで、いくさにはならないことは火を見るより明らかだった。それに鷲津、丸根の両城は城というよりも砦に近いものだった。数で押せば落ちる性質の城だった。助けても、助けてやらなくとも、四万の大軍を以てしたら、ひとたまりもなく、おしつぶされることは明らかであった。尾張のなかで城らしい城と言えば清洲城以外にはない。少数を以て大軍を迎え撃つために城があるのであって、こういう場合にこそ役立てるために城は築かれたものである。佐久間信盛が昂奮《こうふん》すればするほど軍議の結論は彼の望むものとは反対の方向へ進んでいった。佐久間信盛は信長へ援助の視線を投げた。この辺で、信長の一声がかかれば、たとえ誰がなんといっても、それで決るのだ。佐久間信盛は、彼の意見が最後のどたん場で信長によって支持されることを期待していた。そんな予感がした。佐久間信盛が兄を失いたくない気持はそのまま信長が織田信平を失いたくない気持に通ずると思った。そういう肉親愛よりも、信長という人はこういう場合、進んで攻撃すべき人であるという確信があった。

信長は沈黙を守りつづけていた。珍しいことだった。今までならば、軍議が論争になることはなかった。途中で信長の一喝《いっかつ》をくらってそれでおしまいであった。そしてその方法がよくても悪くても信長は強引に実行した。そういう男だった。

佐久間信盛は信長の顔を見た。なぜ、今宵にかぎって、なにも申さぬのだ。佐久間信盛の眼はそういっていた。信長は佐久間信盛の視線を受止めた。じっくり受けて、受けた時よりも、幾倍か強い力ではねかえし、同時に天井をぶち破るような声を出すのがいつもの信長だったが、彼はそれをしなかった。こらえた眼が光を発し、顔中が桜色に赤らんでいくのがよく見えた。家臣たちはいつもと違う信長を見た。信長自身もまたいつもと違う自分をそこに見たのである。

すっかり夜になっていた。

林佐渡守が信長の前に進み出て言った。

「お聞きのとおり、軍議は決しかねておりまする。合戦の準備もあります故、和戦いずれなりとも、殿のおさしずを仰ぎたいと存じます」

佐渡守は信長の前に頭を下げていった。そこでも怒鳴る機会が信長にはあった。林佐渡守が和戦といった言葉を正せば、今川義元に降伏するか戦うかいずれということになる。

今になって和はありよう筈《はず》もないのに、和を口にした、重臣林佐渡守の心の中が信長には見えるような気がした。

（たわけものめ）

いつもなら、そういって怒鳴っただろう、おそらく切腹を命じかねない剣幕で叱《しか》りつけたに相違ない信長が、その時も黙っていた。こらえたいかりが信長の顔を青くした。

「籠城に決する」

信長はひとこと言って立上った。ここまで来たのか、信長はそんな気持だった。小国が大国に併呑《へいどん》されねばならない運命がとうとうやって来たのだ。おそれてはいたがその時期があまりにも早過ぎたような気がした。せめて、もう五年もあれば、尾張、美濃二国を掌中におさめることができたのに、今となってはそれもおそい。あらゆる情勢が信長に不利であった。籠城という残された道さえ、それにつながる勝算はなにもなかった。隣国の援助は全く期待できないし、今川勢の背後を武田が衝《つ》くということも今のところ、まず考えられなかった、万が一つの僥倖《ぎょうこう》というものはなかった。

信長は自分をかえりみた。情勢が不利だから、いつものように、怒鳴ることができなかったのではない。怒鳴ろうと思えばたやすいことだったが怒鳴りたいのを我慢し、林佐渡守の失言に対する怒りさえおさえたのはなんであったろうか、彼にもよく分らなかった。

信長は席を変えるとすぐ酒の用意を命じた。

「さあ籠城と決ったぞ。そのうち、今川の軍勢がぞろぞろやって来て、この城を取囲むだろう、そうなれば、のん気な顔をして能謡などやってはおられぬだろう、今宵は見おさめのつもりで……」

見おさめといってから信長ははっとして口をつぐんだ。いったい今夜のおれはどうしたというのだ、怒るべき時に、怒りをおさえ、怒鳴るべきときに黙っている、そしてまたこの失言だ。

彼は大盃《たいはい》に酒をなみなみとつがせて口にした。絶望感がひしひしと彼の胸を打った。敵の気に飲まれたということかとも思う、大将がそうあるべきではない、そうなればいくさは負けだ。

「なにをくよくよしているのだ。戦いは時の運だぞ、今宵はうんと飲んで謡え」

信長は大きな声でいった。家臣に言ったのではなく自分自身の気を引き立てるために言ったのだ。大きな声を出すと、信長は信長らしく見えた。酒が廻って顔が赤くなると、いよいよ本来の信長の顔らしくなる。信長は自ら立って家臣に酒をついでやったりした。大酔すればよくやる癖だったが、たいして酔ってもいないうちにそれをやるのは妙だった。

家臣たちは、恐懼《きょうく》して盃を受けた。

（いけない、これではまるで別れの盃だ）

信長は酒をついで廻るのをやめて侍臣に命じて能謡を始めさせた。小鼓が鳴り、謡い、舞われたが、座はいつものように湧き立っては来なかった。舞う者は舞い、謡う者は謡い、見る者は見ていたが心は別々のところを彷徨《ほうこう》しているように思われた。それに城内は籠城準備のためにさわがしく、人の出入りが多かった。落ちついて能謡を楽しむという雰囲気《ふんいき》ではなかった。

「やめろ、お前たちの舞も謡もなってはいない、信長が、舞と謡の見本を示してやるからよく見ているがいい」

信長が立上って、自ら謡い、かつ舞った。

「人間五十年、化転《けてん》のうちに比ぶれば夢まぼろしのごとくなり、一度《ひとたび》この世に生を享け滅せぬもののあるべきか」

信長は謡い舞いながら、自分自身どうにもならないほどみじめな気持になっていくのを知った。それは必勝を願う舞ではなく、敗戦を予期したあきらめの舞であった。吹きこんで来る風が灯をけした。

信長は謡をやめ、舞をやめて、その暗黒の中に自分の運命を見た。そのなかで小鼓だけが鳴っていた。あかりがあってもなくても一向意に止めぬらしく小鼓の音は力強く響いていた。

雨の夜の清洲はごったがえしていた。籠城と軍議がきまり、その準備がはじまると、町民たちは家財をまとめて逃げ出しの用意にかかる者もいた。今川勢四万の中の多くはかきあつめの兵である。乱暴狼藉《ろうぜき》は必ず起る。清洲城の庭には篝火《かがりび》が赤々とともされ、夜を徹して防戦準備がととのえられていた。

二

信長は遠くに小鼓の音を聞いていた。聞き慣れた小鼓の音であり、別に珍しいものではなかったが、小鼓に合わせて聞えて来る筈の謡がなかった。誰ぞ謡わぬのか、信長はそう言おうとして眼を覚ました。

夜は明けかけていた。

ゆうべ飲み過ぎたせいか後頭部が痛かった。小鼓の音が痛い頭によく響いた。鼓の打ち方で、平手《ひらて》左京亮《さきょうのすけ》が打っていることはすぐ分った。

（おかしな奴だ、なぜ朝っぱらから小鼓など打つのか）

信長は起き上った。

平手左京亮は、信長が十九歳の時、信長の粗暴な振舞いを諫《いさ》めるために自殺した、後見役平手政秀の弟であった。政秀は忠義いってんばりの融通の利かない男だったが、左京亮は兄と違ってどことなく飄々《ひょうひょう》としたところがあった。若くして、京都に遊び、一時は朝廷の天文所に出仕したことがある。幸若《こうわか》にこって職をしりぞき、今は信長のところに寄寓していた。

「ゆうべから鼓を打ちつづけていたのか」

信長は左京亮の前に立って言った。左京亮は、それには答えず、相変らず、同じ調子で小鼓を打っていた。

（ゆうべ灯が消えたときも、この男はこんな顔をして小鼓を打ちつづけていた）

信長は左京亮の顔を覗《のぞ》きこんで、すぐ左京亮は小鼓の音曲を楽しんでいるのではないなと思った。彼の打つ小鼓には緩もなく急もなく強弱もなかった。ただ一定間隔に同じ強さの音が打ち出されているに過ぎなかった。

「いったいなにをしているのだ」

信長はややきつい声でいった。今度返事をしなかったら容赦はしないぞという気がまえが見えていた。

「気をうかがっておりまする」

平手左京亮は小鼓をそこに置いて言った。

「なに、気をうかがう」

「さよう、万気の動きをはかりうかがっておりました」

それで信長には左京亮のいうことがやや分ったが、小鼓を打つことによって、どうして気の動きを測り知ることができるかは依然不明だった。

「われわれ人間は大気の動きの中にいるから大気の動きはよく分りません。舟の中にとじこもっていて舟の動きが分らないのと同じことでございます。この鼓の中には小気が封じこめられてあります。小気は大気と通じていませんから、小気には鼓の皮をへだてて大気の動きがよく分るのでございます。拙者が鼓を叩《たた》いているのは、鼓の中の小気に大気の動きを問うているのでございます」

左京亮は、それで信長が納得したかどうかを確かめるように眼を上げた。

「要するに小鼓の音によって、気を窺《うかが》うことができるというのか、言って見るがいい、今日の気はいかように変る」

信長は左京亮の顔を真直ぐ見た。

「気は陽に転じつつあります。昨夜から今朝にかけて、陽気が強くなって来ておりまする」

「陽気が強くなった？」

信長は外に眼をやった。ゆうべまでしょぼしょぼ降っていた雨が、今はかなり本格的な降りになっていた。

「陽気すこぶる旺盛《おうせい》になって参りました。おそらく、今日の午後は大豪雨となり、そして明日あたりには梅雨は霽《は》れ上るものと存じます」

「午後になって大豪雨になるというのか」

信長は、それをすぐ戦争に結びつけた。今川義元の姿が見える、連戦連勝に幾分上気した義元が、馬のたずなをひかえて空を見上げている。土砂降りの雨に、義元の後につづく将兵はずぶぬれである。義元は側近をかえり見て、

「この雨に大軍を動かすのは、ばかげているぞ、すでに織田信長は袋の鼠だ、そういそいで捕って食わないでもいいだろう、今日一日は兵に休養を与えろ」

義元がそういっている声がはっきり聞えるようだ。

「左京亮、しかと間違いないな、今日の午後、必ず大豪雨が来るな」

「梅雨はもう一カ月続いております。きのうからのむし暑さ、雨の降り様、そして、この小鼓の音から按《あん》じて間違いなく今日の午後あたりは大豪雨が到来するものと存じます、雷雨となるかも知れませぬ、梅雨は雷雨と共にあがることは、殿様も御存じの筈と存じます」

平手左京亮は両手をついて言った。

「大気陽動、豪雨」

信長は口の中でつぶやいていた。左京亮のいうとおりだとすれば、そのことは、信長に取ってなにか有利な条件となりそうな気がした。

「策によっては……」

信長はつぶやいた、策によっては局面をひっくりかえすことができるかもしれない、そう思っても、その策はなかなか浮び出て来なかった。

「殿、今川の先陣は今朝大高《おおたか》の城にかかりましたぞ、敵を城に迎えうつについての策を……」

林佐渡守が背を丸めるようにして入って来ていった。

「なにっ！　防戦の策だと、やかましい」

信長は林佐渡守を一喝した。大声を上げて林佐渡守のあきれかえる顔を見て、はじめて、自分自身の気持が出撃に決っていることを知った。

「防戦の準備万端がととのいました。殿の御見廻りをお待ちしておりまする」

柴田勝家が来ていった。

「たわけ者め、そんなに城にいたいのか、それなら城に残っているがいい」

信長はここ数日の沈黙を破って大喝した。久しぶりで怒鳴り出した信長の声を聞いて、家臣たちが集まって来た。信長が突然、防戦から出撃に策をかえたと聞いて、佐久間信盛が前に出て言った。

「それがしは昨夜の軍議でも申し上げたとおり、出撃を主張いたしておりました。しかし、防戦と軍議一決して、その準備の完了した現在、突然出撃とのおことばはいささか無謀かと存じます。それとも、殿に、なにか新しい策でもございましょうか」

佐久間信盛の言葉はかなり思い切ったものだった。見方によっては主君を侮辱したことにもなりかねない、信盛はそれだけ決死だった。

「おろか者め、まだ余の策が読めないのか、防戦と決めたのは敵の目をくらますためだ、今川義元の先陣は既に十里の先に来ている、今川の物見は、清洲の城下にうようよしている、城中にもおそらく何人かの間諜《かんちょう》はいるだろう。敵をあざむくには、まずおのれをあざむかねばならない。直ぐ出陣の法螺《ほら》を吹け。そして、直ちに進発するのだ。次の集会場所は熱田だ、そこで敵の本陣のあり場所をたしかめ、一挙に本陣を突くのだ。敵の物見が走りかえって今川義元に信長出撃を報告する前に、このうちの誰かの槍《やり》が義元の胸元をつらぬいておらねばならぬ、そうあらねば織田は亡びる。織田の生きる道はそれより他にない」

信長は自分の演説に酔っていた。昨夜の軍議で、いかりをおさえつづけていたのは策ではなくあきらめだった。が、それらをひっくるめて敵をあざむく策と言い切ることのできるように変転して来た今朝の雨がありがたかった。

信長は気の狂ったように具足をつけ、馬にとび乗り、鞭《むち》を当てた。そのあとに将兵が続いた。

雨が信長の顔に当った。なまあたたかいおおつぶの雨だった。大気が陽に転じつつあるといった左京亮のことばが、信長の頭の芯《しん》にあった。彼は雨の中を疾駆《しっく》しながら、この雨が彼に味方してくれることの確信を得ていた。

六里の道を一気に飛ばして熱田につくと、そこには悲報が待っていた。鷲津、丸根両城の陥落だった。佐久間盛重は討死していた。今川軍の夜襲におしつぶされたのである。

信長は熱田で軍馬をととのえ、街道という街道をおさえた。信長の進撃が今川軍に通報されないためだった。

信長勢は清洲城から馳《は》せ参じた軍勢と、鷲津、丸根から引きあげて来る兵たちを合わせて千を越えた。

はげしい雨になって来たのはその頃からだった。あたりは夜のように暗くなり、滝のような雨が降った。雨足で十間先は見えなかった。大高の城が落ちたという情報が入った。

敵は尾張の国にくさびを打ちこんだのである。

雨の中をずぶぬれになった五騎が熱田の信長の本陣へ駆けつけた。物見として派遣されていた簗田《やなだ》政綱の一行だった。

「今川義元の本陣は田楽狭間《でんがくはざま》にあって、ただいま戦勝祝いの盃を上げております」

簗田政綱の情報が信長に知らされた時、信長は勝ち、義元は負けていた。

信長の軍が熱田を出ると同時に大雷鳴をともなった豪雨となった。平手左京亮のいう大気は正しく陽動したのである。簗田政綱を道案内とする信長軍千五百騎は雨を衝いて突走り、鳴海《なるみ》から間道を太子ヶ根の丘の上に出て、ここから一気に義元の本陣に突込んだ。今川義元は服部小平太、毛利新助のために討たれ、雷鳴の中に天下の形勢は逆転した。

三

元亀《げんき》から天正にかけての信長は幸運に恵まれていた。天正元年（一五七三年）四月、武田信玄が死ぬと、その年八月に越前を攻めて朝倉義景を亡ぼし、近江の浅井長政に腹を切らせ、天正二年九月には伊勢長島の一向一揆《いっき》を平らげていた。

信長の勢力は岐阜《ぎふ》を中心として漸次拡大され、天下統一の信長の野望はそのおもむくままになるかに見えていた。ただ信長にとって一つだけ眼の上の瘤《こぶ》が残っていた。武田勝頼だった。たとえ信玄が死んだとしても、信玄を補佐していた武田の諸将は健全である。勝頼は若いが、若いだけにその器量のほどは未知数だった。

三方原《みかたがはら》の一戦で徳川勢が大敗を喫し、この一戦のために、信長が送った援軍の将、平手汎秀《ひろひで》が討たれたのは、三年前である。信長は、三方原の戦いに参加した将士から、その時の様子をくわしく聞いていた。疾風のように突進する武田の騎馬隊、絶対に後に退かない槍隊、武田の用兵はまさに神出鬼没であり、よく訓練された兵の戦闘意識は不抜のものがあった。信長はつねに武田を気にしていた。武田が健全であるかぎり、信長が中原に覇《は》をとなえるというわけにはいかなかった。信長が動けば、武田は徳川を衝くことは明らかであり、徳川が独力で武田に打ち勝つことはほとんど困難だった。三方原の一戦で大敗し、浜松城に逃げこんだ徳川家康は武田恐怖症にかかっていた。

武田が兵をくり出せば、戦わずして身をかわし、武田が去れば、そのあとをかすめ取ることによって、かろうじて面目をたもっている状態だった。

天正三年五月に入って間もなく、徳川家康からの援軍の要請があった時も信長はまたかと思った。

「家康はよほど武田が恐いと見える」

信長は使者の前ではっきりいった。いちいち頼みに来ないで、自分にふりかかった火の粉は自分で払ったらいいだろうという気持を顔に現わしていた。しかし家康からの援軍の要請は次々と岐阜にもたらされた。長篠《ながしの》城は武田の大軍にかこまれ、風前のともしびであるという情報についで、どうやら今度は、武田勝頼が先頭にたって、徳川家康と雌雄を決せんとするらしい気配が濃厚であることを報じて来た。

「城取りの好きな四郎（武田勝頼）のことだ、長篠城を取ったらおとなしく引き返すだろう」

信長はそう言って相手にしなかった。事実勝頼は城取りが好きだった。高天神《たかてんじん》攻略には、高天神城を奪取することによって得る利益よりもはるかに大きな人的犠牲を払っていた。しかし、信長自身が放った物見の報告によると、武田勝頼の今度の長篠城攻撃は、従来の城取りのための攻撃ではなく、明らかに、長篠城を攻撃することによって、徳川の本隊をおびきよせ、一気にこれを撃破しようとする作戦のようだった。その兆候らしきものは随所に現われていた。武田の一隊が、田植えが終ったばかりの青田刈を始めたという報告もあった。三河のようにもっぱら米にたよっている国にとっては、青田刈をされたら、その地区の農民は餓死せざるを得なくなる。青田刈をされて黙って見ているような領主だったら、農民もついてはいけない。当時青田刈はもっとも陰険な挑戦《ちょうせん》の手段であった。

五月十日になって信長は徳川家康の要請を受諾した。

信長は重臣たちを呼んで軍議を開き、席上銃は何梃《ちょう》あるかを佐久間信盛に訊《き》いた。

「千五百梃にございます。銃は千五百梃ございますが、鉄砲放《はなち》（銃手）は約千人が確実のところでございましょう」

信盛はそう答えながらも信長の顔を油断なく眺《なが》めていた。

（主君は近ごろ鉄砲に惚《ほ》れ過ぎている。これからの戦争は鉄砲だけでことたりるという考えは危険ではないだろうか）

「信盛、あと千五百梃の銃と二千人の鉄砲放を集めるのだ、筒井順慶や細川藤孝あたりは相当数の鉄砲を持っているし、鉄砲放もいるはずだ、ただ鉄砲を貸せではらちが明かないから、誰が鉄砲何梃、鉄砲放何人というふうに割当てるのだ、いいか割当てるのだぞ、上方の諸将諸城全部に割当ててやるがいい、もし、愚図愚図言ったら、十三日までに間に合わないときは、改めて、こちらから鉄砲を持って御挨拶に参上するといえばいい」

信盛はなにか言おうとした。鉄砲だけにたよることの危険性を述べようとしたがうまいことばがでないため口をとがらせて信長の顔を見詰めていた。

「わかっているわ、貴様のいうことぐらいちゃんとわかっている。貴様も家康と同じように武田の馬がこわいのだろう、実のところ、この信長も武田の馬がこわいのだ、だから思い切って鉄砲を使うのだ」

「ごもっともな仰せだとは思いますが武田の騎馬隊は天下一品、鉄砲だけにたよっていいものでしょうか、敵がもし、鉄砲隊の裏をかき……」

といいかけて信盛は、鉄砲隊の裏を掻《か》くということがどういうことだか自分自身でも分らなくなった。彼は苦しそうに、口のなかでもごもご言った。

「鉄砲隊の裏を掻くのは敵ではありません」

うしろの方でそんなことをいったものがいた。信長は延び上るようにしてそっちに眼をやると平手左京亮が憮然《ぶぜん》とした顔で坐っていた。平手左京亮は将でもなく、軍師でもなかったが、策戦会議には必ず出席していた。桶狭間《おけはざま》の一戦以来、信長の左京亮に対する信頼は厚くなっていたが、左京亮の方では、信長の庇護《ひご》を鼻にかけるわけでもなく、いいたいことをいい、したいことをしていた。底知れぬ人物という点で信長の家臣たちも左京亮に一目は置いていた。

「鉄砲隊の裏を掻くのは敵ではないとするといったい何者なのだ」

「そのお答えをいたすまえに、殿が三千の鉄砲をどうお使いになるおつもりかをお聞きしたい、その上で、鉄砲隊の裏を掻くものが何者かを申し上げましょう」

平手左京亮はすました顔でいった。

「どうもこうもない、十三日に鉄砲が揃《そろ》ったところで岐阜を出立して、一気に長篠におもむき、三千梃の鉄砲を武田の騎馬隊にうちかける。鉄砲の玉薬（弾薬）がなくなったところで、本隊をくり出すのだ。武田は一万五千だ、こちらは徳川の軍を入れて四万、おそらく十五日までには片づくだろう」

信長は概略の策戦を述べて、どうだ分ったかというように、並いる家臣を見渡した。家臣たちの顔には特に動揺がなかった。誰が考えても結局信長のいったようなことになるだろうと思ったからである。動揺はなかったが不安の翳《かげ》はさしていた。信長があまりに鉄砲を口にするからであった。

「その策戦ならば、殿のおおせられるとおりに十五日には片がつくことと思います」

左京亮が言った。

「それならそれでいいではないか、鉄砲隊の裏を掻く者がおるなどとなぜ余計なことを申したのだ」

信長は左京亮に対してだけは、おだやかな言葉を使っていた。武将に対するように、一方的に一喝を食わせるようなことがないのは、やはり、左京亮が彼の輩下の武将ではなく、客分として処遇しているという腹があるからだった。

「いえ、それがしが十五日までに片がつくと申しましたのは、その日までにお味方敗北という意味でございます」

左京亮は結論を先にいって、信長をはじめとする諸将が驚き、あきれ、その次に、いかりとなって爆発する前に、その説明に入っていた。

「鉄砲隊の裏を掻く者は梅雨でございます。鉄砲は雨の中では使いものになりませぬ、既に梅雨に入った現在、十五日になっても、おそらく雨は降りつづいているでしょう、それに今年の梅雨は例年よりも降り方がきつい、本隊が十五日に長篠に到達して、武田の騎馬隊に筒先を向けたところで、三千の鉄砲のうち役に立つものはどれほどございましょうや、おそらく武田の騎馬隊は鉄砲隊など一挙に蹴《け》ちらして、織田、徳川の本陣目がけてかけ入ってくるものと推察されまする」

左京亮の説明を聞きながら信長は桶狭間の戦いを思い出した。梅雨を利用して、今川義元の本陣へ少数気鋭の騎馬隊で突撃を敢行した手と同じ手を武田が用いた場合を想像すると、なにか背筋にうすら寒いものを感じた。

「さきほど佐久間信盛殿の言われたとおり武田の騎馬隊は天下一品です、ひとたび機会を与えれば、どうにも手はつけられないでしょう」

左京亮はおさえのひとことをいって口を閉じた。その時になって信盛は、左京亮が、自分のいいたいことを言ってくれたという顔で頭を持ち上げて、信長に向ってなにか言おうとしたが信長の眼が燃え始めているのを見てやめた。信長がこういう顔をしている時に横から口を差しはさんだ場合はろくなことはないのだ。信盛は持ち上げた顔をまた下げた。

「左京亮そちに策があるのか」

「策はただ一つ、鉄砲隊が雨に裏を掻かれないように、長篠到着を遅らせるのです。梅雨はひと月降りつづきますがその中ほどで必ず、数日の晴れ間を見せるものです、古来これを温気《うんき》の間休（梅雨の中休み）と呼んでおります、それがしの按ずるところによると、今年の温気の間休は二十日過ぎとなるでしょう。それまでは、鉄砲隊を動かしてはなりませぬ」

信長はなるほどという顔をした。火縄銃は雨中では使いものにならぬ、全然、使えないということはないが、まず実戦には役に立たない。左京亮のいうとおりではあるが、ほって置いて長篠を見殺しにするのも可哀《かわい》そうだった。長篠が落ちれば次は浜松があぶない。

信長は考えこんだ。

「それからもう一つ申し上げたいことがあります、天下一品の武田の騎馬隊を鉄砲で撃ち取る方法は唯《ただ》一つ、騎馬隊塞《ふさ》ぎの柵《さく》を設けることです。三万の御味方に将卒を問わず、長さ一間半、太さ四寸の棒を一本ずつと縄一束を持たせて、戦場におもむくことが得策かと存じます、三万本の棒を組み合せて柵を作れば、武田の騎馬隊もそれを打ち破ることはできないでしょう、馬が柵の前でためらったところを鉄砲隊に狙《ねら》わせるのです」

なるほどと誰かがいった。が、話はあまりにうま過ぎた。それに、本来短兵急な信長が、こんなのんきな策を取るかどうか疑問だった。家臣たちはいっせいに信長の顔を見上げた。

四

天正三年五月十三日信長は三万の軍を率いて岐阜を出発した。

いつもならば鳴物入りのたいへん派手な出軍ぶりを見せる信長の軍隊が、今度にかぎって妙に静まりかえっているのは、梅雨のせいもあったが、もともとは彼等のいでたちにその原因はあった。軍隊は将卒の別なく長い棒を一本ずつ持っていた。騎上の武士はその棒を馬の鞍《くら》になんとかして結びつけたからいいものの、大部分の徒《かち》の兵は長い棒をかついで歩かねばならないからたいへんだった。槍隊は、右肩に槍、左肩に棒をかついでいた。鉄砲隊も両肩に鉄砲と棒を担いでいた。

彼等はこんな進軍は生れてはじめてだった。これでは戦争に行くのか、普請にいくのか分らないと文句を言いつづけていた。棒だけならいいが、縄も一束ずつ持たされているから、いよいよその行進はおかしなものだった。

（殿様はよほど武田の騎馬隊がこわいと見える）

長い棒にうんざりした兵はそんな陰口を叩いていた。

棒と縄の部隊は気合のかからぬ進発をしたが、動き出すと案外早く十四日の夕刻には岡崎についた。しかし、それから先へは出て行かず、そこで四日間停滞した。その間兵たちは朝から晩まで、持って来た棒と縄で馬塞ぎの柵作りの訓練をやらされた。組立ててはこわし、こわしては組立てる。その柵の作り方もいろいろで、四日目には部隊毎に柵作りの競争をさせられた。

銃手の方は連日射ち方の稽古《けいこ》をさせられた。雨が降っているから実弾の発射はできないから、専ら調練に重きが置かれていた。この四日間に信盛が上方に手配していた銃手や鉄砲や玉薬が続々と到着した。

徳川家康の矢のような催促にもかかわらず信長は空を仰いだままなかなか動かなかった。

十七日になって雨はややこやみになった。信長は平手左京亮に雨のことを聞いた。

「そろそろ出発なされるがよいかと存じますが、戦場についたら、まず馬塞ぎの陣を作ることが肝要かと存じます、雨はまだ二、三日は降りつづくでしょう」

動き出した信長軍は十八日に設楽野《しだらの》に進出し、信長は極楽寺山へ仮陣を取り、連子川に沿っての馬塞ぎの柵ができ上ると弾正山《だんじょうやま》へ本陣を移し、高松山の家康の陣と並んで、武田軍と正対した。

勝頼のところには十三日以来の信長の行動が逐一報告されていた。将卒の別なく一人が一本の棒と一束の縄を持った信長の軍隊の行進ぶりは、勝頼にはおかしかった。武田の馬を恐《こわ》がる信長の顔が見てやりたかった。信長の率いる兵の中には、棒と縄を持たせて行進させる信長に対して不信を抱いている者があるという諜報も入って来ていた。

「信長は武田の馬をよほどこわがっているらしいな」

勝頼は山県昌景《まさかげ》に言った。

「馬がこわいから鉄砲三千梃を用意して来たのでしょう。それにしても、信長の常にない逡巡《しゅんじゅん》ぶりは油断できませぬ、敵はなにか策を弄《ろう》しているに相違ありませぬ」

老将山県昌景はさかんに諜者を走らせて、織田、徳川連合軍の動静をさぐらせた。

徳川軍一万、織田軍三万、併せて四万という数字が明らかになると、山県昌景は、勝頼に退却を請うた。

「長篠城はまたという楽しみのため残して置きましょう。今回は引き上げた方が得策かと存じます」

しかし、勝頼は、山県昌景のいうことを聞かなかった。山県だけでなく、原昌胤《まさたね》、内藤昌豊、小幡信貞、一条信竜、土屋昌続、馬場信春等の諸将が口をそろえて決戦の不利をさとしたのにもかかわらず勝頼は引くとは言わなかった。勝頼は飽くまでも武田の馬によって、信長と家康の本陣を踏みつぶしてやるつもりでいた。十八日になって、織田、徳川軍が連子川の川岸に進出して、馬塞ぎの柵の構築に取りかかったとき山県昌景は勝頼に決戦をすすめた。

「攻めるとすれば今です。馬塞ぎの柵ができないうちに攻めるべきです。それにこの雨では敵の鉄砲は役に立ちません、三千の鉄砲隊はないものと同じです」

だが勝頼は首をふった。

「この雨では馬は十分に使えない、晴れるのを待って一気に踏みつぶせ」

勝頼は動かなかった。雨は十八日、十九日と降り続いた。その間に馬塞ぎの柵は完成した。

二十日の午後になって、雨がやんだ。

信長は、平手左京亮を呼んで言った。

「どうやら、そちのいう温気の間休が到来したようだな」

そして信長は左京亮に明日の天気を訊《たず》ねた。

「夕刻になればはっきりといたします故、もうしばらくのご猶予を願います」

左京亮は外へ出て周囲に眼をやった。

弾正山には織田軍の、高松山には徳川勢の旗指物《はたさしもの》が風のないために、だらりと垂れ下っていた。

左京亮はそこに長いこと坐ったままでいた。日が傾き出した頃になって予期していた風が出た。西寄りの風である。織田徳川連合軍の旗は武田軍の方へ向っていっせいになびいた。

左京亮は信長の前に出て言った。

「まさに温気の間休に入りました。風がお味方の進む方向へ吹いている間は天気は続くでしょう、おそらく今夜から雲は霽れ、明日は天日を見ることになるでしょう」

信長はそれを聞いてうなずくと、隣の高松山にいる家康へ使者をやって、酒井忠次を呼び、長篠城の直ぐ東側にある鳶《とび》の巣山に陣取っている武田信実の砦を鉄砲隊を主力として夜襲するように命じた。夜襲隊は戌《いぬ》の刻（午後八時）に高松山を出発し山中の二里半の道を迂回《うかい》して、夜明けと共に鳶の巣城を攻略した。

天正三年五月二十一日、その朝しょうぎにかけたままで仮眠を取っていた武田勝頼は鉄砲の音で眼をさました。鳶の巣城に炎が上ったのはそれから間もなくだった。

「敵の後方攪乱策だ。鳶の巣に眼を向けさせようとする敵の策に乗るな、眼ざすは織田信長と徳川家康、今日こそ、武田の馬の強さを見せてやるがいい」

勝頼は突撃を決意した。

敵の策に乗るなと言いながら、その時既に勝頼は信長の誘いの手に見事にひっかかっていた。空は晴れていた。風はややつよく、つめたかった。

合戦は山県昌景の一番隊から始まった。武田の騎馬隊は、織田、徳川の馬塞ぎの柵に向って突撃していったが、柵を一気に打ち破ることができずに、そこで停滞した。三千の鉄砲隊がこれを狙撃《そげき》した。撃たれても撃たれても武田軍は果敢な突撃をくりかえした。背に負った旗指物が大地と平行になるほど馬上に身をかがめ、長槍をかかえて突込んで来る騎馬隊は馬塞ぎの柵の前でつぎつぎと消えていった。

戦いは織田徳川連合軍の一方的勝利に終った。この一戦に武田信玄以来の武将のことごとくは戦死し、武田は事実上潰滅《かいめつ》した。

五

天正十年二月、信長は衰頽《すいたい》覆うべくもない武田勝頼の息を止めるべく、木曽口、伊奈口、飛騨《ひだ》口の三方より武田領に攻め入り、時を同じくして家康は駿河口から、北条勢は関東口から甲州へ侵入した。武田の諸城はほとんど抵抗らしき戦いもせず、連合軍に降伏し、勝頼、信勝父子は重代の家臣にあざむかれ、そむかれ、三月十一日、天目山《てんもくさん》のふもとの田野《たの》において織田勢に追いつめられて自刃して果てた。

信長は武田の後始末にかかった。和を乞《こ》うて来た武田の一族重臣ことごとくを斬った。

武田の武将で許されたのは、信長と内通していた穴山梅雪と木曽義昌の二人だけだった。いたいけな子供も武田一族と血縁があれば容赦なく斬った。それほど名の知れていない者でも眼に立つ者があれば遠慮なく斬らせた。はじめは和を乞うて信長勢に降伏したものの、やがて斬られると分って逃げ出そうとする者があると、逃亡の理由でこれを斬り、逃亡計画を黙って見ていたと言って、その周囲の者をまた斬った。

一方的な殺戮《さつりく》が幾日も続いた。酸鼻きわまる大量殺人を見ながら信長は祝盃を上げていた。

三月十四日、信長は波合《なみあい》で勝頼、信勝父子の首実検をした。

「たわけめが」

信長は勝頼の首に向って一喝したが、それだけでは気がすまないのか立っていって、足蹴りにしようとした。

「殿は死者を辱《はずか》しむる御所存か」

そういって信長を引止めたのは平手左京亮であった。

「左京亮、きさまも政秀と同じように腹を切りたいのか」

信長はそうは言ったものの、左京亮の兄の平手政秀の壮絶な諫死《かんし》を思い出すと、さすがそれ以上のことは言えずに席を立った。

平手左京亮はその日のうちに信長のもとを去った。家臣が左京亮の後を追おうとしたが信長はそれを止めた。

「放って置け、気まぐれ者のことだからまたいつかはやって来るだろう」

武田滅亡によって信長は三十ヵ国をその勢力下に置き、天下統一は彼の眼の前にぶら下っていた。信長は四月二十一日意気ようようと安土《あづち》に凱旋《がいせん》した。五月十七日、信長は備中高松城を囲んでいた羽柴秀吉から来援の要請を受け取った。戦いは西に移っていた。信長は、明智光秀、細川忠興《ただおき》、筒井順慶、池田恒興、中川清秀、高山重友、堀秀政等に命じて出陣の準備をさせるため、各自の所領に帰らせ、信長自身も二十九日には近臣数十人とともに京都に入って、四条西洞院の本能寺に宿を取った。

信長入京の翌日の六月一日には公卿たちが入れかわり立ちかわり本能寺に信長をおとずれた。御機嫌伺いである。

その中に混って、甲州の波合で別れた平手左京亮がひょっこり現われた。

「またやって来たな、やはり貴公も戦争が好きなんだな」

信長は左京亮を快く迎えた。信長は勝頼の首のことで左京亮に精神的な借金を負っていた。時がたてば経つほど、勝頼の首に対して取った処置はばかげたことだと後悔されて来る。信長は侍臣に命じて能楽の準備をさせようとした。左京亮に小鼓を打たせるためだった。

「そんなことでお目通り願ったのではございません」

左京亮は相変らず表情のない顔でいった。

「ではなんで来たのだ」

左京亮はぐるっとまわりを見廻した。供の者を遠ざけよという顔だった。信長はそのとおりにした。

「殿みずから備中に出馬される件はお取りやめになってしかるべきかと存じます。それがしずっと殿のおそばにおりました経験によると、殿の御運が飛躍する時は必ず温気《うんき》（梅雨期）中の戦いでありました。桶狭間の戦では送温気（後梅雨）の豪雨をねらって今川義元をたおし、長篠の一戦では温気の間休（梅雨の中休み）を利して、武田勢をうちくだきました。そして現在は天下統一ほぼ完成という時になって遠く毛利の大軍と矛を合わせることになりましたが、その今もまた梅雨の候にございます」

「なに今が梅雨だと」

信長はびっくりしたような顔をした。雨はここ二十日あまり見たことはない。

「はい梅雨に入っておりますが今年は没温気（空梅雨）でございます。言わば温気異常とでも申しましょうか、こういう時には強いて動くべきではないと存じます。それに昨夜天文所において、赤気《せっき》が観測されました。古書に曰《いわ》く、赤気あれば側臣に乱あり」
だまれ、信長はとうとう怒鳴った。言わせて置けば勝手なことをと尚も叱りつけようとしたが、信長の大声で侍臣が顔を出したのでそれ以上怒鳴るのはやめた。
「なにか聞きこんだことでもあるのか」
「ございません、それがしの直観です、異常性格の人間は大気の異常と共にその考えが動くものです。殿は雨によって気を動かす性格のお方です。殿が天下を平定したらそれがしは梅雨将軍信長公とお呼びいたしましょう。しかし、世の中には殿と反対の性格の人もいます。乾気によって考えが変る人だっているでしょう、この異常乾燥はきっと誰かを気違いにさせるでしょう。そんな気がします」

天気次第で気が変る男があると言われて、信長は亀山にいる明智光秀のことをちらっと頭に思い浮べた。明智光秀は雨の日はひどく憂鬱《ゆううつ》になり、晴れた日は別人のように快活になる男だった。

（まさか光秀が）

信長は浮びかけた想像を頭をふって追い払うと大きな声で側臣を呼んで酒の用意を命じた。信長はその夜、嫡子信忠や、京都所司代村井貞勝などとおそくまで酒を飲んでいた。信忠が宿舎の妙覚寺に辞去したのはもうかなり遅くなってからだった。

客を送り出して信長はひとねむりした。浅い眠りがさめかけたとき、彼は、昼間来た左京亮の赤気あらば側臣に乱ありということばを思い出した。それを気にしだすとなんとしても眠れない。それに、考えまい考えまいとしても光秀のことが思い出されて来るのである。

鬨《とき》の声と鉄砲の音を聞いたのはそれから間もなくだった。

信長は十文字の鎌槍《かまやり》を振るって敵に当ったが肘《ひじ》に槍疵《やりきず》を受けると、内に引き下って、おのが腹におのが刃《やいば》を当てた。平手左京亮の無表情な顔が一瞬浮んですぐ消えた。信長は見事に腹を切った。

（田口竜雄著の日本気象史料によると赤気は極光と見るべきであると書いてある）

まぼろしの軍師

一

山城国妙心寺の僧、鉄以《てつい》は帚《ほうき》を持ったまま老武士の動きを見ていた。

老武士は庫裡《くり》に通ずる木戸をおして中へ入ろうかどうしようかとためらっているようだった。彼は三度木戸に近づいたが、結局延ばした手を引っこめて、飛び石伝いの道を山門の方へ引返していった。思いなやんだ末、あきらめたせいか、ひどく元気のない歩き方だった。老武士が方向をかえると、梢《こずえ》の間から、ひとすじの落陽が彼の顔をはっきりと照らし出した。老人は片眼だった。それに眉間《みけん》のあたりから頬にかけての刀傷が、さらに彼の顔を醜怪なものに見せていた。老武士はかなりひどいびっこを引いていた。旅をつづけている証拠に、老武士の背には、色あせた道中袋が斜めに背負われていた。武士の階級を示すにしてはあわれなほど、粗末な腰の物を申しわけのようにさしてはいたが、武士としての体面を保つほどの身支度ではなかった。彼の腰から、その刀を奪ってしまえば、武士でも老武士でもなく、それはただの、旅につかれはてた老人に過ぎなかった。

老人は山門のところまで戻って来ると、本堂の方に向き直って、両手を合わせて、なにか口のなかでいった。遠くから拝んで帰ることを、自分自身に納得させているように見えた。それからは、二度とふりかえらなかった。老人はびっこを引き引き、山門を出て杉並木の参道へおりていった。木蔭に入ってすぐ、暗くなったためか、老人はなにかにつまずいて倒れた。

「あぶない」

そこまで見送っていた鉄以は思わず声を上げた。それ以上、その老人が去っていくのを、黙って見てはおられなかった。いわくありそうなその老人を、そのままにして置いたならば、すぐそのあとに、取りかえしのできないほどの不幸が、彼を訪れるような気がしてならなかったのである。鉄以は、帚を木の幹にもたせかけて置いて、山門をかけぬけて、倒れている老人のそばに走りよった。

老人の白髪頭が何度か動いた。動くたびに老人の口の中からかすれたような息遣いが聞えた。

鉄以はころんで、容易に立てそうもない老人を助け起しながらいった。

「どこぞ怪我でもなされましたか」

老人はまぶしそうに片眼を開けて、坐ったままで鉄以の顔を見上げていた。鉄以にはその隻眼が両眼で見詰められるよりも怖く感じた。近よってよくよく見ると、ひどい服装だった。刀をさしていなければ、乞食《こじき》と間違えられてもしようがないような襤褸《ぼろ》の衣服だったが、乞食のように不快な体臭を発してはいないし、ちゃんと、膝の上に両手をそろえて、

「かたじけない、ご坊は当寺の僧か」

と聞きかえしたあたりには、落ちぶれはててはいるが、やはり武士としての体面を維持しようとする、必死なものが見えていた。

「私はこの寺の僧で鉄以と申します。もしやあなたは、この寺に所用でもあって来られたのではないでしょうか」

そう言われると、老人はほっとしたような顔をした。自分で言えないことを、他人にいって貰ったあとのように、やや照れくさそうな顔はしたけれど、すぐ前どおりの土色の、みにくい、表情のない顔にもどって、

「この寺に三河国の牛窪《うしくぼ》生れの僧が居られたら、お目にかかりたい」

老人ははっきりいった。

「三河国牛窪生れの僧ともうしますと、私ひとりだけでございますが、その僧の名は?」

鉄以は心もち老人とはなれた距離でいった。

「あなたが、牛窪生れの僧であったか、するとあなたは、川中島で戦死された武田信玄公

の軍師、山本勘助殿の子息ではござらぬか」

そういう老人の眼は異様な輝きを持っていた。満身の期待を鉄以の答えに掛けている眼であった。

「さようです、私は、三河国牛窪の山本勘助の子で、幼い頃からこの寺に預けられておりますが……」

彼が十歳になるまで生きていた母が、折にふれて父のことを話してくれたから、父の名はよく知っていた。

〈お前のお父さんの山本勘助は、そのうち、きっと大手柄を立てて、大将に出世して、お前を迎えに来る――〉

母は念仏のように、そればかりを繰りかえしていた。その父、山本勘助は母が死んでも、帰っては来なかった。寺にあずけられ、鉄以という名を貰って、三十年にもなるけれど、父山本勘助の消息は一度も聞いたことがなかった。ずっと前に武田に仕えているということは、風のたよりに聞いたことはあったが、武田に仕えて、なにをやっているかは分らなかった。だから、老人が、二十二年も前の川中島の戦いで死んだ武田信玄の軍師、山本勘助といったことばが、鉄以には、父勘助と直ぐに接続されなかった。鉄以は父勘助のことは、なかばあきらめていた。風雲にあこがれて、妻子を捨てて出ていった父勘助は、名を挙げるどころか、ただ一兵卒として、どこかの戦場の露と消えたものと思いこんでいた。その父が、武田信玄の軍師だったと言われても、にわかにそれが実感となって、鉄以の胸を打っては来なかった。

「あなたの幼名は勘一、そしてあなたの母はそのでござったな」

鉄以の疑念をはねとばすような、鋭い眼つきで老人はいった。鉄以にはそれが質問ではなく、駄目押しに聞えた。

「いかにも私の幼名は勘一、母はそのですが、私や母の名前まで、知っておられるあなたはどなた様でしょうか」

しかし、老人は自分の名前をすぐに答えようとはしなかった。いい渋っているのではなく、彼が長いこと求めていた相手にめぐり会った喜びに、しばらくはそのまま陶酔しているようだった。

「あなたが勘一……」

と老人はいった。それは、まるで、何十年も逢わないでいた吾が子に会った父親が、洩《も》らすであろうように、苦痛にも似た響きを持っていた。そして、老人のその一つの眼には水の膜が張られ、やがて頬を伝わって涙があふれはじめたころ、老人はやっと自分を取り戻したように、

「これは失礼つかまつった。拙者は、山本勘助とともに武田信玄公にお仕え申していた三《さい》枝《ぐさ》十兵衛と申すものでござる。……あれから二十二年。とうとう、山本勘助の子息にめぐり会うことができ申した。そしてこの胸の中に畳みこんでいた、山本勘助の一部始終をお伝えもうすことができるのだ。これこそ、神仏の加護というものであろう」

　老人はそういうと、坐ったままで、寺の方へ向き直って手を合わせた。

　しかし鉄以は、その老人の拝む姿を冷然と見おろしながら、なんとも言わなかった。寺の境内を掃除しながらふと見かけた老人に、なにか曰くありそうだと思ったときは、好奇心にひかれて眼で追った。寺に入ろうとして入れずに帰っていく姿は、鉄以にあわれを覚えさせた。そして老人は転んだ。僧としての本能が鉄以を走らせた。そしていまここで、老人から父勘助を知っているといわれたとき、鉄以は冷たい水をあびせられたように、冷酷な眼で、老人を見おろしたのである。

　寺にあずけられて三十年間、鉄以は、父山本勘助のことを一時たりとも忘れたことはなかった。母がいったように、大将となって帰って来るとは思わなかったが、いつかは誰かが、父の消息をもたらすだろうと思っていた。しかし、その父の消息を知っているという人間が現われた瞬間、鉄以は、そこに、なにかしらの矛盾を感じたのである。鉄以が長いこと待ち望んでいたものを、その老人がもたらしたということに、用心深い鉄以は注目した。仕組もうと思えば充分に仕組むことのできることだった。鉄以の四十歳という年齢と経験が、情をおさえた。戦乱につぐ戦乱だった。この夏、一世を風靡《ふうび》していた信長が討たれ、信長を討った光秀が討たれたあとの天下を、治める者はまだ決ってはいなかった。羽柴筑前守秀吉が、信長のあとを継ぐ者であるという人もあったが、越前の柴田勝家、甲信を手中におさめてにわかに強大となった徳川家康も、北条も、上杉も、毛利もいまなお健在であった。戦乱はまだまだつづき、戦乱の蔭について廻る、小悪、大悪もまた、いろいろの形を以て現われるだろうことは、疑う余地のないことだった。鉄以は妙心寺の中堅僧であった。幼くして家を失った鉄以にとっては、この家が彼の家であった。彼は、亡き父よりもその家たるべき寺を愛していた。

(みだりに人を寺内に入れるべからず)

それはお寺嫌《ぎら》いの信長時代に設けた、妙心寺の掟《おきて》でもあった。

そこに疲れ果てて坐りこんでいる老武士が、積極的に寺に害をなすとは考えられなかったが、山本勘助の名をかたって、寺にころがりこみ、鉄以を通じて、なんらかの物質的な要求をすることが、考えられないでもなかった。言わば、ていのいい、かたり、ゆすりのたぐいだったとしたら——鉄以はそれを考えていたのである。

「鉄以どの、一夜でいいから当寺に泊めていただくわけにはまいらぬか、多くは望まない一夜でいい、一夜で、山本勘助についてのすべてをお話し申すことができるであろう」

老武士の隻眼には哀願がこめられていた。

（かたりであろうか、戦乱の世に、落ちぶれ果てた老武士の頭脳がしぼり出した芝居であろうか、芝居とすれば、父の名、母の名、そして自分の幼名までなぜ知っているのだろう）

しかし、それだって、三河国牛窪へいって聞けば分ることであり、たまたま、この老人が、その辺を通り合せて、聞き知ったのだと考えてもへんではない。

「お泊めしたいが、さきごろ領主より、寺には、みだりに人を泊めてはならぬというきついお達しがありました」

鉄以の白皙《はくせき》の顔は動かなかった。

「さらば、いずくたりともよいから、宿へ案内してくださらぬか。一夜でよい、一夜あれば、鉄以どのに、山本勘助がいかに偉大なる軍師であったかをお伝えできるのだ。拙者の余命はいくばくもない。いまここで、山本勘助の真相を直接その子に伝えなければ、山本勘助は、名もなき雑兵《ぞうひょう》としておわることになるのだ。それでは川中島で戦死した山本勘助に申しわけない」

烏《からす》の群れが鳴きながら頭上をとび越えていった。日が暮れると急に寒くなる。鉄以は夕《ゆう》闇《やみ》の中に立ったままだった。天正十年もあといく日も残していない。その寒空の下に、たとえその老人がいかなる素性のものであろうとも、たのまれれば宿を世話してやらねばならないだろう。まして父や母や自分の幼名を知っているという縁があれば、ねぐらを探してやるのは、仏につかえる身として当然のことであろう。鉄以の白い顔がやっと動いた。

「さあ、私の手につかまって、お立ちなされ、大和尚《おしょう》に一夜の宿をともども乞《こ》うて進ぜましょう」

鉄以は老人に手をさし延べた。

二

その夜、鉄以が三枝十兵衛を案内していった家は、もともと妙心寺の宿坊として建てられたものではあったが、いまは見る影もなく、荒れ果ててしまったので、日頃、物置がわりに使っている廃屋だった。寺内に泊めることのできない人たちが来た場合、ここへ案内することになっていた。

「なにぶんにも、寺にお武家さまを泊めることは先ごろから、きつく禁ぜられておりますので」

鉄以は三枝十兵衛の前に頭をふかくさげた。

「とんでもない。夜露だけでもふせぐことができたら、それでけっこうでござる」

三枝十兵衛はくもの巣だらけの屋内へ眼をやった。以前はしっかりした家だったらしい名残りはあったが、長いこと人が住まないために、かびくさく、陰湿だった。それでも、炉だけはその家の建てられたときのままに、大きな面積をしめていた。屋内一部が薪と榾《ほだ》の物置に使われていた。

鉄以は老人を炉端に坐らせると、すぐ寺に取ってかえして、小鍋の中に、大根、芋、そして稗餅《ひえもち》などを入れて持って来ると、鍋を炉のかぎにかけた。

炉に火が燃えあがると、そのぼろ屋も、生きかえったように明るくなった。老人はあまり食べなかった。食べたくとも食べられないのだということは、老人が物を口へ運んでいく様子を見ているとよく分る。疲労が限界を越えているらしかった。胸中の腐敗した空気を嘔吐《おうと》するようなしぐさだった。鉄以は、参道で倒れた老人に手をかして、ここまでつれて来た時の、あの尋常でないほどの、痩《や》せおとろえた身体の軽さから考えて、多分老人は病人だろうと思った。

老人は間もなく箸《はし》を置いた。いくらかの熱い食べものを得たからであろうか、老人の顔はやや生気をとり戻したようだった。

「かようなもてなしを受けて、なんとお礼を申し上げてよいか……おそらくこれは地下の山本勘助の導きと存ずる」

老人は丁寧に礼をいってから、姿勢を正して鉄以に言った。

「鉄以どの、拙者がこれからお話し申す、山本勘助のこと、終りまでお聞き下さいますな」

いやでも聞いて貰わねばならないぞといった顔だった。

「拝聴いたしましょう」

鉄以は覚悟をきめていた。三枝十兵衛と名乗る老人がいかなる者であろうとも、父を語るというからには、聞かねばならないと思った。老人の話の真否のほどは、そのあとで判断すればいいことだった。

「山本勘助は当世一の軍師でござった。武田信玄公は、蔭の軍師山本勘助の十七年間の奉仕によって、不動の基礎を作ったのでござる。だが、山本勘助はあくまでも蔭の軍師であり、蔭の人だったから、彼が策戦失敗の責めを負って、川中島で戦死しても、彼の名は表には出ず、武田勝頼公の戦死により、武田が滅亡した今日においては、もはや山本勘助の蔭の軍師としての業績を知るものは、拙者ひとりになり申した。かくいう三枝十兵衛は、二十年間山本勘助と同じ道をたどり申したが、川中島の一戦で、不幸、上杉家にとらえられ、その後今日まで生き永らえて、恥をさらして歩く、おろか者でござる」

老人はそう前置きしてから、やや肩から力を抜いた。それからは静かに話し出した。

山本勘助が武田家の宿将、甘利《あまり》虎泰《とらやす》の館《やかた》を訪れたのは、天文十二年の春先だった。甘利虎泰は山本勘助を引見して、なにが得意であるかと聞いた。

「いささか軍法を心得ております」

「その軍法は誰に教わったのか」

「誰にも教わりません。この足で諸国を遍歴して、さまざまな合戦の次第を見聞し、それによって、自らの軍法をうち立てたものでございます」

甘利虎泰はその答え方が、ひどく気に入った。孫子の兵法を、なにがしに学んだなどといって、まことしやかな漢語をべらべらしゃべる自称軍学者、兵法者は数かぎりなくやって来るが、いずれも戦争を食い物にして、諸国を渡り歩いている輩《やから》であって、彼等の軍法が実戦の役に立つものとは考えられなかった。そういう男にかぎって、口先だけは達者だが、武器を持たせれば、犬一匹殺すこともできないのだ。そういう渡り者の軍法者とくらべると、山本勘助はどこか違っていた。聞けば答えるだけで、自らを少しも売ろうとしないその謙虚さが、虎泰の気に入った。

「それでは聞くが、この館を、ただ今、すぐ兵五十人を以て攻めよと言われたらなんとする」

甘利虎泰が聞いた。

「攻めても、無駄です。お見掛けするところ、この館には、少なくとも、兵二百が守りをかためています。今すぐ五十やそこらの兵で、いかように攻めてもどうともなりませぬ。ただしあと半日の御猶予を下されば、必ず攻めおとしてごらんに入れます」

「なにあと半日中に攻めおとす」

甘利虎泰は不審な眼を勘助に向けた。

「天文を案じまするに、今宵おそくなって、南の烈風が吹き出します。その機を利用して、厩《うまや》小屋に火を放ちます。炎がお館に燃え移るのを待って攻撃すれば、ひとたまりもなくこのお館は亡びます。南風の鼻先に厩小屋を設けたのは、お館を危うくすることこの上もないことと存じます」

山本勘助は顔色ひとつ変えずに答えた。その夜、山本勘助の予言どおり、強い南風が吹いた。翌朝、甘利虎泰は山本勘助を召し出して、知行二百貫文を与えることにし、その日のうちに厩小屋を移築させた。

甘利虎泰の幕下にあった山本勘助が、武田信玄にその才をみとめられたのは、天文十四年、信州塩尻合戦のときであった。山本勘助は甘利虎泰を通じて献策し、その策戦により武田軍は大勝を得た。甘利虎泰は、信玄に軍議の席に山本勘助を参加させるように乞うた。

「諸国をわたり歩いて来たような者を、たとえ一度や二度功を立てたといって、軍議に参加させることはできぬ。だが、その者に軍法の心得があるならば、軍議の前の下ごしらえに使ったらどうか」

軍議の前の下ごしらえというのは、敵兵力の分析、合戦の場の地形図の作製、間道里程の調査、自軍の整備情況の再確認等の資料を、作戦会議に提出する役目だった。

「まことにお館様のおおせのとおり」

甘利虎泰は信玄の前をさがって、そのことを山本勘助に伝えた。山本勘助が武田信玄の蔭の軍師となったのはそれ以後である。軍議の始まる前に、武田信玄は山本勘助に取りそろえた資料を持って来させて、一応資料についての説明を聞いてから、

「そちは、どうすればいいと思う」

と策を聞いた。それに対して山本勘助は、低いしゃがれ声で、彼の考えを答えた。

「さがってよろしい」

信玄は山本勘助をさげて、諸将を呼んで軍議を開いた。軍議がどう決着したかは、山本勘助には分らなかった。いよいよ、合戦が始まってから軍議によって決った作戦が、山本勘助が信玄の前で述べた策であることを知った。戦さを重ねるたびに、信玄の建てた策は図に当り、武田は勝ち、武田信玄は部下に尊敬され、敵には畏怖《いふ》された。武田は旭日《きょくじつ》の

いきおいで隣邦を席捲《せっけん》していった。だが、山本勘助は有能なる作戦補助員として、幕中の隅に座を占めているに過ぎなかった。軍議に列する者は武田家累代《るいだい》の宿将たちだけであり、流れ者の軍師がでる幕ではなかった。山本勘助の出る幕は、その軍議の始まる以前において、神経質なほど青白い顔をした信玄の前で、ぼつぼつと、まるでひとりごとのように、ひとくさりしゃべることで終っていた。信玄は、山本勘助の作戦にはいっさい口をさしはさまなかった。そこには天地ほどの身分の懸隔があった。

「だが、信玄公と山本勘助とは心の中では通じ合っていたのだ。心と心とが通じ合っていても、武田家という古いしきたりが、山本勘助を軍師として、軍議の席へ迎えるわけにはいかなかったのでござる。甘利虎泰をはじめとして、名のある諸将も、山本勘助の策が、即ち武田信玄の策であることを知ってはいたが、そんなことを口に出すものはいなかった。蔭の軍師は、蔭に置いた方が信玄公にとっても、武田一族にとっても、すべてに好都合だったのでござる」

三枝十兵衛は話の途中で言葉を切って、

「鉄以どの、湯をいっぱい所望いたしたいが」

老人は鉄以が汲《く》んで与える湯をうまそうに飲んでから、

「山本勘助は十七年間、蔭の軍師として、武田信玄に仕え申した。そして、たった一度だけは、蔭の軍師ではなく、ほんとうの軍師として、信玄公の前に坐ったことがござった。そして、それが山本勘助の最期のときとなったのでござる」

それは永禄《えいろく》四年九月九日、川中島の戦いの時であった。

その日山本勘助は信玄に呼ばれて、彼の居所にいくと、信玄はいつになくむずかしい顔をしていった。

「上杉勢と対峙《たいじ》してはや二十日以上も過ぎた。このまま敵の動きを見るか、進んで攻撃するか、そちはどのように考える」

いつかはそのような下問があることを期待していた山本勘助は、その答えをちゃんと用意していた。

「これ以上の長陣は無益と存じます。軍を二つに分けて、一手を以て森の平を越えて、西条山にいる上杉勢の背後を突けば、謙信は必ず千曲川《ちくまがわ》を渡って、川中島へ出てまいるものと存じます。その機を待って、一気に攻めかかれば、御味方勝利は間違いないものと存じます」

「森の平への迂回《うかい》軍が敵に発見されたら、いかがいたす」

信玄は山本勘助に訊《たず》ねた。十七年間こういうことは一度もなかったことである。すべて山本勘助が一方的に語るのを、信玄は黙って聞いていたのだが、今日にかぎって、信玄が質問を発したことは、あきらかに山本勘助を蔭の軍師ではなく、表の軍師として認めたことであった。山本勘助は感激した。

「森の平の半ばまでは隠密行動が必要と存じますが、それ以後発見されても、西条山の敵軍は陣を立て直すことはできないでしょう」

武田信玄と山本勘助との軍略論議は、小半刻《こはんとき》にわたって行われた。山本勘助の策が用いられることになって、高坂弾正、馬場民部、真田幸隆の迂回軍が行動を起したのは、その夜であった。

だが上杉謙信は、武田軍の動きをぬかりなく察知していた。謙信はあらゆる方面に放っておいた物見からの情報によって、武田の策を見破ると、その夜のうちに行動をおこし、翌十日の朝霧を利用して、武田の本陣へ接近し、霧の霽《は》れるのを待って斬《き》りこんだのである。まさかと思っていた敵軍が、眼の前に迫っていたのを見て、さすがの武田軍も狼狽《ろうばい》した。戦いはその一瞬に決ったかに見えた。

山本勘助は狭霧《さぎり》の中に敗戦を意識した。そして敗戦の責任者としての自らの処置をも考えていた。彼は久住優軒、大仏庄左衛門、諫早《いさはや》五郎等数名の家来と共に、敵陣深く斬りこんでいって、東福寺村付近で柿崎和泉守《いずみのかみ》の郎党の手にかかって死んだ。

「もはやこれまでと思った山本勘助は、紺糸縅《おどし》の鎧《よろい》をつけ、青毛の駿馬《しゅんめ》にうちまたがり、穂先一尺二寸、長さ一丈五寸、目方五貫六百匁の大身の槍を、自由自在にうちふりながら、越軍の中にかけこみ、まず、本庄、山吉の二陣を蹴《け》ちらし、敵将謙信いずれにあるやと呼ばわりながら、つき進んだ。鬼神もあざむくような武者姿だった」

　山本勘助の最期の場面になると、三枝十兵衛は、その隻眼を見開き、手をふり、叫び、時には立上って、その乱戦の模様を物語った。その時六十歳をとうに過ぎていた山本勘助が、一丈五寸などという大身の槍をうちふるうなどということは、想像されなかったけれど、鉄以には、三枝十兵衛のものがたる、川中島の戦いだけは、おそらく真実に違いないと思った。ただ鉄以にはその老人が、二十二年前の川中島の戦いの郷愁だけに、残された彼の生命力のすべてを打ちこんだような気の入れようで、戦いを語るのが不思議に見えてならなかった。三枝十兵衛のいうとおりの死に方を山本勘助がしたとしても、それを語る三枝十兵衛は、第三者であり、当然客観的な表現がなければならない。おそらく、この老人は、川中島における体験を山本勘助に託して、話しているに違いないと思った。志を得ずして、いまなお、戦乱の世を、はいずり廻っている老武士の姿はあわれであった。

　やがて老人は語りつかれたのか、声をおとして、肩ではげしく息をついていたが、飲みかけの湯で喉《のど》をうるおすと、

「もはやなにも申すことはない。これで拙者は死ぬことができる」

老人はその場にくずれるように倒れこみ、生命の余燼《よじん》のすべてを、山本勘助のものがたりにつぎこんだかのように、そのまま深い眠りに落ちこんだ。

鉄以は、老人のそばに一夜、つき添ってやっていた。榾《ほだ》の火をたやさぬようにして、朝を迎えたが、老人は再びその片眼を開けようとはしなかった。鉄以は隙間洩る朝日の下で、老人の乾いた唇に水を塗ってやり、合掌した。老人の死顔は静かだった。

三

鉄以が妙心寺の大和尚に、諸国行脚《あんぎゃ》の許しを乞うたのは、天正十八年の四月である。三枝十兵衛が妙心寺を訪れた天正十年ごろにくらべると、世の中はずっと安定していた。秀吉に叛旗をひるがえした北陸の柴田勝家が賤《しず》ヶ嶽《たけ》の一戦で潰《つい》え去った後秀吉は、諸国の大名を和戦二様のかまえによって次々とその勢力下に従え、天正十五年、九州の島津氏を新勢力の一つに加え、更に天正十八年三月、小田原の北条氏を攻め亡ぼしてからはもはや、秀吉に敵対するものはなくなっていた。

鉄以の旅は、おもて向き諸国行脚による修業となっていたけれど、真の目的は父山本勘助のことを調べるためだった。鉄以が出発するに当って妙心寺の大和尚は、

「三枝十兵衛の語ったことが真実がどうかを調べるのではなく、不幸にも、亡びさった武

田の事蹟を調べるつもりで、行くがよい。ほっておけば足もとから消えていく歴史を、しっかりと書きとどめることが、亡び去った人たちの最大の供養にもなり、お前の父親山本勘助への法要にもなるだろう」

　大和尚は幾許《いくばく》かの路銀と、諸国の寺々への紹介状を書いて、鉄以に渡してから、更につけ加えた。

「どこへ行っておっても、山城国妙心寺の僧であることを忘れぬよう」

　鉄以は妙心寺の山門を出た。十歳の時、寺に預けられてから四十年、一日も離れたことのない妙心寺との訣別《けつべつ》はつらかった。天下は泰平の様相を示しては来たけれど、いつまた戦争が始まるかも分らなかった。そうなれば、寺へもどることすらおぼつかない。帰れると考えるより、帰れないと思ったほうがむしろほんとうだった。鉄以が朋輩《ほうばい》の僧や、檀家《だんか》の長老などに引止められても尚《なお》且つ、この旅に出かける決心をしたのは、八年前、廃屋で死んだ三枝十兵衛の言葉をたしかめたかったからである。ほんとうの父山本勘助を知りたかったのである。生れ落ちると同時に、故郷を捨て、妻子を捨てた父山本勘助ではあったが、いまは亡き人であると思うと、なんとかして、その父の真実の姿に触れ、できうれば、父の終焉《しゅうえん》の地を訪れて、菩提《ぼだい》をとむらってやりたいと思ったのである。

　鉄以の足は駿河《するが》から富士川沿いに甲州に向った。

彼は道々、武田の事蹟をさぐり、戦蹟を訪れ、それを書きとめていた。甲州の地は徳川家康の領土となっておったが、武田家にゆかりのある人はあちこちに分散していた。鰍《かじか》沢《ざわ》の妙法寺に杖《つえ》をとめたとき、鉄以は近くの栃窪《とちくぼ》村に武田信玄に仕えていた、矢川八右衛門という侍が住んでいることを聞いて、尋ねていった。

矢川八右衛門は、長篠《ながしの》の戦いで左手に受けた弾丸のあとを見せながら、

「山本勘助という御人のことは知らないな、さような人がお館様の帷幕《いばく》中にいたとすれば、当然われわれの耳にも聞えて来るはずであるが……」

八右衛門はいくどか頭をかしげて、どうも思い当らぬが、釜無川の下流の加賀美郷に、笠原助左衛門という郷士がいる。笠原はもうかなりの年齢だが、川中島の戦いにも参加しており、信玄公の馬の轡《くつわ》を取ったこともある人だから、或いはその山本勘助という人を、知っているかも知れないと答えた。

笠原助左衛門の家は、釜無川を見おろす丘の上にあった。いかにも、この近在の豪家らしく、かまえも立派であり、使用人も多かった。川中島の戦いに出た助左衛門は、既に死んでいて、その子が助左衛門を襲名していた。

「おやじは武張ったことが大好きでしたが、私はそういったことが大嫌いで」

助左衛門は親の助左衛門とは違って、武よりも文を好むほうだった。蔵書も多く、なか

なかの見識家だった。助左衛門は、鉄以が武田興亡の歴史を調べているのを聞いて、ひどく感心した。

「私の祖父も父も武田家に仕えました。子孫として、是非、武田の歴史を書きのこしていただきたい。ここはほぼ甲州盆地の中央にありますゆえ、ここを足場として、あちこちと調べ歩きされたらいかがでしょうか」

　鉄以は助左衛門の好意を受けた。助左衛門にかぎらず、甲州はどこへ行っても武田につながる者がおり、鉄以の仕事にはすすんで材料を提供してくれた。鉄以は材料を集めては加賀美郷に帰り、それらを整理してまた旅に出かけていった。武田の事蹟はつぎつぎと集まってはいったが、山本勘助についての事蹟は、なにひとつとして現われなかった。だが、鉄以は、三枝十兵衛が語った、蔭の軍師ということにのぞみをかけていた。

（山本勘助はもともと蔭の軍師だったから、一般の士卒は知ってはいないのだ。山本勘助を知っているものは、武田家の宿将だけに限られているかも知れない）

　鉄以はそう考えた。

　しかし、武田家の正統、又は、名のある武将は、武田勝頼が天目山で滅んだ直後、織田信長の徹底的な武田狩りに会い、ほとんど殺されていた。降伏した者と言わず、傷ついて捕らえられた者と言わず、はては女も子供も、武田家に縁のつながるものは、首をはねられていた。その数は二千とも三千とも言われた。武田の正統とその武将の係累は、この時に根だやしにされたのである。しかし、ただひとり、主家を裏切って織田につかえた穴山梅雪の一党だけは、生き残っていた。鉄以は、その梅雪の縁につながる原昌茂に韮崎《にらざき》で会った。原昌茂は徳川に仕え、韮崎の代官所に補佐役としてつとめていた。

「山本勘助……」

原昌茂は、それまで鉄以が会ったすべての人と同じように首をひねった。

「拙者は川中島の合戦の時は十九歳で、信玄公の小姓を務めていたが、そのような男はいなかった」

蔭の軍師のような者がいなかったかどうかについて質問すると、原昌茂は、

「お館様は軍師とか軍略家というような者を、ひどく嫌っておられた。軍議は武田家の宿老たちの間で行われ、お館様はほとんど口を出さずに、黙って軍議を聞いておられて、最後に方針を決定するというふうであった。川中島の戦いの献策は、馬場民部殿が建て、諸将がこれに反論したのであるが、お館様のひとことで決ったのだ」

鉄以はもはや、それ以上、山本勘助について聞く勇気はでなかった。

「三枝十兵衛と申すものを御存じないでしょうか」

鉄以は、別れぎわに、ひょいとそれを口に出した。三枝十兵衛の身元が分れば、或いは

山本勘助の手がかりになるかも知れないと、思ったのである。藁《わら》をもつかむ気持だった。

「三枝十兵衛とな、三枝と名乗る者は武田には多かったが……三枝十兵衛、どこかで聞いたような名前だな」

原昌茂はしばらく考えていたが、

「そうそう、その男は山県昌景殿の手のもので、物見衆組頭を務めていた。川中島の戦いで、重傷を負って、その後故郷に引っこんで百姓をしている筈だ」

「生きているのですか」

「三年前までは生きていた。三枝十兵衛の孫が、徳川家に仕官したいといって、彼の手紙を持ってここを訪れて来たからな」

鉄以は眼を見張った。三枝十兵衛が生きている筈がない。彼は八年前に妙心寺の廃屋で死んだ筈だ。

「どこにおられましょうや」

「確か笛吹川の上流の室伏《むろぶし》だったと覚えているが」

原昌茂は、答えてから、なぜ貴僧は山本勘助なるものを、それほど深く尋ねているのだと聞いた。

「拙僧の父でございます。父の生前の業績をたしかめ、父の菩提をとむらうためでございます」

鉄以は、その足で笛吹川の上流の室伏をたずねていった。

三枝十兵衛は八十歳というのに、つやつやとした頬をしていた。川中島の戦いで負傷した足が、不自由であるほか、どこにも異常がなく、その辺の郷士らしい、大きな構えの家の奥座敷に坐って、鉄以を見おろしていた。

「山本勘助か、よく知っておるぞ。彼は川中島の合戦の時は、おれの組下にいた。永禄四年九月十日の早朝、どうも上杉勢の様子がおかしいから、山本勘助ほか五人を物見に出した。霧の深い朝だった。その五人が五人とも敵に捕えられてしまったのだ。その後一年ほどたって、そのうちのひとりの者が帰って来て、話したところによると、山本勘助は片眼片足に傷を受けて捕えられたが、越後へ行く途中脱走して行方知らずになったとのことである。あの男のことだから、いまも尚、どこかで、大法螺《おおぼら》を吹いているような気がしてならない」

「大法螺？」

鉄以はむっとしたような顔で反問した。

「そうだ大法螺だ。山本勘助は大法螺ではないと思っているのだろうが、はたから見ると、それが大法螺に聞えるのだ。口才の利く男で、議論なら誰にも負けなかったし、敵情を見るのもすばやかった。兵の動かし方について、彼一流の文句をいうので、上の人からはあまりよくは思われていなかった」

三枝十兵衛は、遠い昔を見るような眼をしながら、しばらく考えこんでいたが、

「山本勘助は夢の多い男だった。彼はあちこちの戦場を渡り歩いて、彼の才能を売りこもうとしていたようだ。彼ののぞみは軍師だった。このおれを軍師にしたら、おれはその大将を盛り立てて、必ず天下を取らせて見せるなどと、本気になっていっておったことがある。そうそう、川中島の戦いの前日の九月九日のことである。彼は物見として、西条山の背後へ通ずる間道を、調べに行って帰って来て、その結果を主君の山県昌景殿に報告にいった。その折、お館様は諸将を集めて軍議を開いており、山県昌景殿もその場に列席されていた」

軍議は森の平迂回路に大軍を送りこめるか、どうかの問題で停頓《ていとん》していた。山県昌景は、物見の帰りを立ったり坐ったりして待っていた。そこへ山本勘助が帰って来たのである。山県昌景は山本勘助の報告を聞くために、席を立とうとした。

「かまわぬ、その物見の者をここへつれて来て、直接その結果を語らせるがよい」

武田信玄の一言で山本勘助は幕中に入れられた。

山本勘助は用意して来た図をおしひろげて、間道について説明をはじめた。

「結論を先に申し上げますと、森の平への迂回路を経て、西条山の背後に出る道に、三千の兵をすすめることは可能です。だがこの道には二ヵ所の難関があります。第一は途中の沢のあたりで、約一丁あまりにわたって道がこわれております。第二の点は西条山へ廻りこむ地点であり、ここはしゃにむにやぶをくぐって進まねばならず、ここにおいて、迂回軍はもっとも難渋いたすものと思われますので、先に一隊を派遣して、迂回路を切り開いて置く必要があるかと存じます」

そう前置きして、問題についての細部を話し出した。明快な報告だった。言葉づかいといい、眼のつけどころといい、報告のまとめ方といい、ただの物見とは違っていた。報告が終って引きさがるとき、

「彼はなに者なるぞ」

と武田信玄が、山県昌景に下問しているのを、山本勘助は背後に聞いた。

「もと今川、北条に仕えていたことのある山本勘助と申す者でござる」

山県昌景の答えに対して、武田信玄はそれ以上なにも訊ねなかった。山本勘助は三枝十兵衛のところに戻って来て、

「おれにもとうとう運が向いてきたぞ。おれはお館様の眼に止ったのだ。おそらく迂回軍の先導役は、おれが務めることになるだろう」

といった。

「ばかは休み休み言え。お館様がきさまの名前を訊ねたのは、きさまが余計なことを、べらべらしゃべったからなのだ。武田軍は、武を重んじて、口を重んじない。お館様はきっと、なるほど渡り者か、道理で口が多すぎると、ひそかにお洩らしになったに相違ない」

組頭の三枝十兵衛は、山本勘助を軽くあしらって置いたが、山本勘助は総大将の武田信玄の眼に止ったことで、有頂天になっていて、三枝十兵衛のいうことなぞ耳に入らぬようだった。

「しかし、今になって考えて見ると、山本勘助のいうとおりに、道路の工作をしておいて、彼を迂回軍の先頭に立てていたら、迂回軍はもっと早く、西条山の背後に到着していたかも知れぬ。そうならば味方は大勝、その後の天下の形勢はどうなっていたか分らない」

三枝十兵衛は鉄以にいった。

「山県昌景殿は、迂回軍の案内役に山本勘助を推薦したが、馬場民部殿は、山本勘助を用いず、土地の百姓を先導としたため、かえって時間がかかって、あの失敗を招いたのだ」

「そしてその翌日の霧の朝のことを……」

鉄以はすがるような眼を三枝十兵衛にむけた。

「先導役を貰えなかった山本勘助は、ひどく気落ちしていたようだった。日頃の山本勘助ならば、むざむざ敵に捕えられるような男ではない。まして、片眼片足に傷を受けるなどということは、考えられぬことだ。やはり、そのことがよほどこたえていたものと見える。霧の中へ出した物見が、誰も帰って来ないから、これはおかしいと思っているうちに、霧が霽れた。驚いたことには眼の前いっぱいに越軍がおしよせて来ているのだ。それからは無我夢中だった。生きて帰れただけがもうけものであった」

三枝十兵衛は話を切って、誰でもいうように、貴僧は山本勘助と縁のあるものかと聞いた。

鉄以は、山本勘助が父であることを告げた。そうであったかと、三枝十兵衛は鉄以の顔をしみじみと見ていたが、

「やはり山本勘助も乱世の英雄だった。ところを得さえすれば、軍師にもなれただろうし、一国一城の主にもなれた男だ」

そのことばを聞いていた鉄以は、はらはらと涙をこぼした。

その後も、鉄以は武田の事蹟、戦蹟とたずねて、諸国を歩き廻っていた。山本勘助のことは二度と口には出さず、武田の興隆から滅亡への道を、くわしく調べていた。天下が泰平となると、亡び去った武田の名が、武士たちの郷愁となって盛り上り、鉄以のほかに武

田について資料を集める者が出て来た。

鉄以が加賀美郷の笠原助左衛門のところに落ちついて、武田の歴史を書きはじめたのは、文禄三年の秋であった。長い間の無理がたたって、彼の健康状態は憂慮すべきものになっていた。言語がもつれ、わずかながら手が震えた。しかし彼は四年半にわたる彼の仕事に、結末をつけねばならなかった。彼が筆を取ると、彼の傍に父山本勘助が坐って彼をみつめているような気がした。鉄以は、何枚もの書きくずしを作った末、山本勘助という主題を拾い上げた。彼は、妙心寺の廃屋で、夢を語りつづけて、死んでいった父山本勘助の怪異なまでの容貌《ようぼう》を、武田の智将山本勘助の表看板にした。それからは驚くほどの早さで筆は動いていった。それは武田の歴史ではなく、軍談だった。物語に武田の歴史をおりこむことによって、父山本勘助の夢を達成させたのである。鉄以が筆を擱《お》いたのは、文禄四年の花の咲くころだった。

「長いこと御世話になりました。ようやく武田の歴史を書き上げましたから、折を見てこれを版に載せていただきたい」

鉄以は笠原助左衛門の前に、三十数冊の綴りをさし出した。

笠原助左衛門はその一冊を取った。表に甲陽《こうよう》軍談と書いてあった。著者の名前はなかった。へんに思って、その末尾を見ると、山城国妙心寺の僧これを記すと書いてあった。鉄以の名はどこにもなかった。

甲陽軍談の存在は、時代をへるに従って、価値づけられていった。その後春日惣次郎、小幡《おばた》康盛、外記孫八郎、西条治郎等の軍学者が、甲陽軍談の存在に眼をつけ、武田の重臣高坂《こうさか》弾正虎綱の遺稿と合わせて、甲陽軍鑑を書き上げ、更に江戸時代初期の軍学者小幡景憲によって、甲陽軍鑑は大成され、出版され、門弟三千のための軍学の教科書となった。

甲陽軍談は甲陽軍鑑に変貌したが、軍師山本勘助の名はこの本によって不動のものとなった。

灯明堂物語

駿河《するが》湾と遠州灘《えんしゅうなだ》を扼《やく》する御前崎《おまえざき》の突端に白堊《はくあ》の灯台がある。現在百十万燭光《しょっこう》の大型レンズをそなえ、十秒毎に一閃光《せんこう》を暗夜の海上に放っている。

略《ほぼ》一世紀前のことである。この灯台と殆《ほとん》ど同じ場所に、広さ二間四方、高さ八尺五寸の灯明堂があった。見尾火《みおひ》灯明堂と言われ、航路を守る火を消したためしがなかった。

一

元治元年（一八六四年）二月の昼下り、御前崎村代官近江十左衛門は池新田白羽村に通ずる一本道に立ちのぼる土煙を認めて、しばらく首をかしげていたが、いよいよそれが、真直ぐに代官所に向って近づいて来ることを確かめると、家来の田村松之助を呼んで、あの土煙をなんと見るかと聞いた。

「おお、あれは御使者の早馬ではございませぬか」

松之助にも、その土煙の立ち方で、騎馬が二、三騎早駈《はやが》けで近づいていることが分ったらしい。

「なんの御使者だろうな、松之助……」

近江十左衛門の顔に不安のかげが動いた。六十に近い年齢で、びんに白いものが目立っていた。

「或いは、いよいよ……」

そう言っている松之助の太い眉《まゆ》がぴくっと動いた。二十一歳、身体中に力が溢《あふ》れているような男だった。

「薩長の連合軍と一戦することにでもなったというのかな」

「きっとそうだと思います。その知らせの御使者に相違ありませぬ、拙者がお迎えに……」

と、袴《はかま》のもも立ちを取り上げる松之助を十左衛門は静かに制した。

「行かないでもよい、迎える準備をするのだ」

十左衛門はそう言いおいて、腕を組んだ。青い空に一点の雲もない。海はさざ波が立っていた。

使者の広田軍之助を上座に据《す》えた十左衛門は、使者の口上を聞き終ると、

「確かに承知つかまつりました」

と答えてから、

「灯明堂を上岬《うえみさき》より白羽村へ移すことは確かに承知いたしましたが、なぜそういうことをする必要があるのですかな……どうも年齢《とし》を取ると余計なことまで聞いてみたくなりましてな……」

十左衛門と軍之助は旧知の間であった。軍之助の方が年齢は四つ五つ若いが、白髪《しらが》は彼の方が多かった。

「いやどうも、お互いにな……」

軍之助はそういってから周囲を見廻した。八畳の座敷には二人が対坐しているだけで他には誰もいなかった。

「十左衛門殿、拙者も年齢のせいでな、最近とんと物忘れがよくなり申して、使者の口上の他はとんと忘却つかまつってしまってな」

軍之助はそう言いながら、十左衛門の方へにじり寄って来た。

「まったく、忘れるということは都合のよいものでござるな」

十左衛門もそういいながら、なにかを求めるように身体を前に乗り出した。

「さよう、十左衛門殿、拙者は物忘れがよくなったが、ひとりごとをいう癖がでてのう、話している相手が横でも向くと、直ぐその癖が出るのじゃ」

「なるほど、そんなものかのう」

十左衛門は横を向いて眼をつむった。軍之助が十左衛門の耳の近くまで顔をつき出した。

「幕府と薩長との衝突はまぬがれまい、武器を積んだ薩摩の兵船が明日から七日以内に、この御前崎を通って、江戸に向うらしい。……わかったかな、拙者のひとりごと」

「いや、なにも聞え申さぬ、拙者の耳は、遠くなってのう、まして他人のひとりごとなど、聞える筈《はず》がないわい」

十左衛門と軍之助は元の席に帰ってから、顔を見合せて、呵々《かか》と大笑した。笑った後の二人の顔には、ひどく真剣な色がただよっていた。

「大役だのう十左衛門殿」

「なんの大役であるものか、灯明堂をあずかる代官として当然のこと、広田氏《うじ》、今宵は一献傾けようか」

「そうしては居られぬ、身も心もせわしいので……」

広田軍之助は立上った。

文久元年（一八六一年）に和宮《かずのみや》と将軍家茂《いえもち》との婚礼がなり、平和のうちに公武合体策が成功するように見えたが、薩長を主軸とする革新派と徳川の政権に執着する保守派との対立は三年後に元治（一八六四年）と年号が改まってからは、もうどうにもならないものになっていた。一戦はまぬがれまい。そういった空気が全国を掩《おお》っていた。

その夜、代官近江十左衛門の屋敷に伊戸沢《いとざわ》の灯明堂守役、徳兵衛が呼ばれていた。

「徳兵衛、ちょっとも飲まないではないか」

「さっきから頂いておりまする」

「それにしては顔に出ないな」

「代官様も御承知のように、私の酒は顔に出る時と出ない時がございます」

「なにか心にかかることがあれば酒には酔えないと申すのだな……」

「そのとおりでございます」

二人は黙った。松風の音がしていた。

「今宵の灯明堂の火の番役は誰じゃ」

「堂守補役《どうもりすけやく》作造と、百姓与吉でございます」

「海はどうじゃな」

「風はたいしたことはございませんが、月がないので真の闇《やみ》でございます」

「そうか……」

二人の会話はぷつんと切れた。徳兵衛が盃《さかずき》を置いて、きちんと坐り直して、顔を上げた。

「代官様、私の家は代々灯明堂の堂守を勤めております。父も祖父も、曽祖父も、もうかれこれ百年も堂守を勤めておりまする」

「よく知っておる」

「一夜も灯明堂の灯を消したことはございません」

「それもよく知っている。だからお前に灯明堂の守役という大役をあずけてあるのだ」

「もう私の役も今宵で終ったものと同じと心得まする」

「妙なことを言うな、拙者はお前に灯明堂の灯を消せとは申しつけてない、灯を白羽村南浜に移動せよといいつけたのだ」

「灯を消すより悪いことでございます。沖を通る船はどうなりまする。船は南浜の灯明堂を上岬の灯明堂と見誤って、ことごとくが御前岩《ごぜんいわ》の浅瀬に乗りあげて難破致します。灯明堂のあり場所を変えることは、船をわざわざ沈没させるたくらみのようなものでございます」

「徳兵衛、言葉が過ぎはしないか」

　十左衛門がきっとなって言った。

「言葉が過ぎようともそのとおりでございます、代官様、なぜそのようなむごいことをしなければならないのでございます。そのわけをお聞かせ下さいませぬか」

徳兵衛の眉間《みけん》にきざまれた太い皺《しわ》が幾条かあった。かっと見開いた眼が十左衛門を見詰めて動かない。

「おかみからのお達しがあったからじゃ、他に理由はない。よもや徳兵衛、おかみのお達しにそむく気でもあるまい」

徳兵衛は固く口を結んで、ものを言わなかった。ものを言わないかわりに、眼に泪《なみだ》をためて不法な命令に抗議を放っていた。

「徳兵衛、そうものごとを張り込んで考えるものではない。流れに抗《さか》らえぬ時は、流されて見るのも、人の世のあり方ではないかな……これから拙者が歌って進ぜよう、それで気を直して帰ってくれ」

十左衛門はそう言って、前の盃をぐっと乾した。代官が歌うなどということはついぞ聞いたことがなかった。徳兵衛が意外に思って十左衛門の顔を覗《のぞ》き上げた。

灯明堂のあかりが見える
それをたよりに
沖を通るは
ありゃさつまの軍船《いくさぶね》

十左衛門は低いがしっかりした声でそう歌うと、

「徳兵衛、今のは座興の歌だ、ここでだけ聞いて、お前の心にしまって置け、吹聴《ふいちょう》は身を亡ぼす因《もと》だぞ。それから、もう一度はっきり言っておく、白羽村南浜に仮小屋の灯明堂をたてて明晩から火を入れろ。沙汰《さた》のあるまで、上岬の灯明堂の火は消しておけ。わかったか」

徳兵衛は十左衛門の前に両手を突いてそれを聞いていた。

二

吾が家に帰った徳兵衛は、灯明堂へ行くからと、孫娘のわかに夜食の用意を言いつけると、着替えを始めた。

「どう言うだね、こんなに遅くなって」

代官所でなにかあったなと感じたわかは、祖父にそのわけを聞いた。

「お前の心配することはねえから、戸締りをして寝な」

「だってじい様、その身体じゃあ」

「夜道はあぶねえっていうのか、年は取っても代々灯明堂をあずかる俺《おれ》だ。心配はいらねえ」

徳兵衛はそう言いながら、支度をととのえると、仏壇の前に行ってしばらく両手を合わせていた。

「おかしなおじいさん」

わかは、いつもと違う祖父の挙動に注意深い眼を配っていた。

「では、行ってくるでなあ」

「おじいさん……」

「なんちゅう眼をするだ、その眼はお前のおっかあの眼にそっくりだ」

徳兵衛は杖《つえ》をついて闇の中へ出て行った。

祖父を見送って、くぐり戸をしめたわかは急に不安になった。早く死んだ両親にかわって、自分を育て上げてくれた祖父の身になにか大きな災難が振りかかって来たように感じた。わかは着物の上に胴着を一枚着て、徳兵衛の後を追って外へ出た。星明りだけだった。先を歩いていく徳兵衛の姿は見えなかったが、物につっかかるような足音はよく聞えた。松林を突切ると海のにおいがした。ここまで来ると、風があった。暗い海の上に灯明堂が光を投げていた。わかは灯明堂の裏手に廻ってしゃがみこんだ。中で話声がした。

「与吉、おめえに代って俺が灯明堂の火の番をするから、引取ってくれ」

「灯明堂の守役の徳兵衛さんと、補役《すけやく》の作造さんが、火の番をするのに、わしらは用はねえ、帰るには帰るが、いってえ、急にどうしたっちゅうことだえ」

与吉が言った。

「どうも、こうもねえ、ちょっと作造に話してえことがあってな」

「俺が居たら邪魔けえ」

「うるせえな、徳兵衛さんが帰《けえ》れと言ったら、帰りゃあいいに」

作造がむっとしたように言った。

「なにもそんな大きな声をしなくても、けえるよ、けえりゃあいいずら……ふん、じい様どうしの内緒話か、どうせろくでもねえ下相談ずら」

後の方は小声で言った。

「なんだと……」

作造がとがめると、

「なあに、こっちのことさ、どれどれ、けえって、芋焼酎《いもじょうちゅう》でも一杯飲むとしずかな、ちぇっ、おもしろくもねえ」

与吉が灯明堂の障子を開けて、床から外へ飛び降りた。徳兵衛と作造は障子を開けたまま、与吉を見送っていた。

「なんちゅう、いやな奴ずら」

「あいつは馬鹿の上に悪がつく、油断が出来ねえ野郎だな」

与吉の姿が松原の中に消えた。

「作造、えれえことになっただ」

徳兵衛が口を切った。行灯《あんどん》の灯の近くに二人の顔が接近した。

「代官様からお呼び立ての話ずら」

「そうだ、それもただの話でねえ」

「灯明堂の灯油を村で持てとでも言うのか、それとも灯芯《とうしん》と紙帖《しちょう》を減らすちゅうお達しずら」

「そんなことならどうでもなるが、明日中に白羽村南浜に灯明堂の仮小屋を立てて、明晩からそこにあかりをつけろというお達しだ」

「するてえと、ここはどうなるだ」

「何分の達しがあるまで、ここのあかりを消せというのだ」

「それじゃあ……」

作造は徳兵衛より十は若い。若いといっても六十は過ぎていた。作造が探るような眼で徳兵衛を見た。

「灯明堂を移せというこたあ、船に難破しろというようなものだ、なにかわけがあるずら」

「作造、おめえの家と俺の家では代々この灯明堂をあずかって来ている。俺に間違いがありゃあ、後は作造、おめえの責任になる。他人には言えねえが、おめえにだけ話そうと思って出て来た。どうやらそのわけは、この沖を通る薩摩の軍船にあるらしい」

「灯明堂の場所をかえて、その軍船を沈めろっていう寸法ずら」

「そうだ」

「それはできねえ、沖を通るのは軍船ばかりじゃねえ、それに薩摩の船と言やあ、この村と縁もあるずら」

作造のいう、薩摩の船との縁というのは、丁度百年前の明和三年（一七六六年）に御前崎沖で遭難した薩摩の船を、村民が共同して救助した際、謝礼として甘藷《かんしょ》の種と、その栽培法を教えていった。それ以来、この地方には甘藷の栽培が流布されて農民の飢餓が救われた。

「そのとおりだ作造、それで俺がおめえにたのみがある」

「頼みというと」

二人は急にあらたまった。

二間四方の灯明堂には海に面した三方に障子があって、中央に大型の行灯が置いてあった。

古文書の記録によると、

灯油壱ヶ年壱石八升、但し一ヶ月九升宛、障子紙壱ヶ年那須紙弐拾帖、但し一帖拾五枚宛、この数参百枚、灯芯弐拾把、但し壱把四寸廻り。閏《うるう》年は一ヶ月分増。

右毎年御公儀様より下し置かれ候

と書かれているところを見ると、幕府もこの灯明堂に力を入れていたことがよく分る。このようにいつ頃からなったか、はっきり分らないが、推察すると、今から三百年前頃から始めていたものらしい。

灯明堂を守る徳兵衛と作造の家はこの地方の村では尊敬されていた。この二人に幕府から灯明堂の守り番としての手当が出ていたこともあったが、それもごく僅かの間だけのことで、この頃になると全くの無料奉仕となっていた。もっとも無料奉仕はこの二人ばかりでなく、交替で火の番に当る村人達にも一銭の給与もなかった。

それでも彼等は村のしきたりとして、この灯明堂の灯を守りつづけていたのである。村の伝統を守るというより、ここに生れた者の義務と感じていた。

「作造、俺は覚悟をした。それについてお前にたのみがあるが、聞いてくれねえか」

「どう言うことだ、そりゃあ」

「俺はな、代官所に行くのに杖をたよりでなけりゃ歩けねえ身体だ。いつ死んでもいい。気がかりなのは孫娘のわかだ。俺が死んだらあれを引取ってお前の末子《すえっこ》の仙助の嫁にしてくれないか」

「とっちゃん、なんだそんなことか、その事はこっちからおねげえに行こうと思っていたが、仙助とわかの二人の気持の方が、もっと近づいていると思うがどうずら」

「そうか、それは知らなかった」

二人は声を合わせて笑ったが、途中で笑いがとぎれて、作造の方が声を荒らげて言った。

「とっちゃん、覚悟って言うのは」

「俺はこの灯明堂の灯を消さないつもりだ。お仕置に合う覚悟の上で、この灯は守っていたい。それだけだ」

「そのことなら、俺の方で覚悟ができている。なにもよぼよぼのじい様が出るに及ばねえずら」

「なんだと、よぼよぼのじい様だと」

「そうずら、とっちゃんが仕置になって見ろ、御前崎にそれしか人がいないかって後世の物笑いになる」

「やいやい、作造、てめえはもう少しわけの分る奴と思ったが、みそこなったちゅうもんだ。おめえにはな、後を守る責任があるぞ」

「後のことは息子共にまかせればいいことずら」

「おれはなあ作造、おめえと喧嘩《けんか》しに来たのじゃねえだ」

「おれだって、とっちゃんと喧嘩はしたくねえが、だまって見殺しにゃあできねえ……なあ、こうしようじゃねえずらか、二人で交替でこの灯明堂の灯をつける……」

二人が明晩からの手筈を話し出すと、わかはそっと灯明堂のかげから出て、松林に姿を消した。

　翌朝早く、堂守徳兵衛と堂守補役作造は白羽村南浜へ行って仮小屋を建てるのを指図した。丸太を組んだ粗末なものであったが、四方に障子を立てかけて、中央に行灯が置かれた。さて今宵からの火守りの当番を割当てようとしているところへ、代官所から田村松之助が見廻りにやって来て言った。

「この灯明堂の火の番は、堂守徳兵衛、堂守補役作造の二人に限る。沙汰のあるまで、余人を立てては相成らぬぞ」

「それは……」

「代官近江十左衛門のお達しじゃ、両人の者よいかな、分ったら支度にかかれ、尚両人の他に拙者が見廻り役を仰せつかった」

徳兵衛と作造は顔を見合せた。代官め、古狸《ふるだぬき》の代官め、ちゃんとこっちの心を見抜いたわい。そう思った。どうにもしようがなかった。二百年に亙る灯明堂の火を落すことの悲しみと怒りで、二人はふるえていた。

三

火を落した筈の上岬灯明堂に火がともっていた。それは幽鬼でも狐狸《こり》の仕業でもなく、障子に映っている姿から察すると、若い女の姿である。その灯明堂のそばに足音を忍ばせて近づいている男の影があった。空は曇っていまにも雨が降り出しそうな真の闇であった。男は灯明堂に近づくと長い舌を出して障子の紙をなめて穴を明けようとしたが、渋《しぶ》を塗った紙だから、ぬらしても破れない。男はあきらめて障子と障子の隙間を僅かに押し広げて中を覗こうとした。ことりと音がした。

「誰だえ」

きつい声がした。

「俺だ、与吉だぞえ」

与吉は障子を開けた。わかが坐っていた。手に灯油の油桶を握っていた。

「なにしに来ただえ」

「なにしに来たって、女のお前が一人で灯明堂の火の番をしているから手伝いに来ただ」

そう言って与吉は上り込もうとした。

「それは御苦労様よ、だがおらには手伝いはいらねえな、帰《けえ》っておくれ」

「ばかを言え、おめえを一人で置けるものか」

与吉はかまわずに中へ入ろうとした。

「よさねえかえ、おめえがなにしに来たか、おらにはよくわかる」

「なにしに来たってさ、さっきも言ったとおり手伝いに来たでねえか」

「そうじゃあねえ、そんなら、お前の眼の色が、そんなにいやらしく光っている筈がねえずら」

「なんだと……」

与吉は自分の目的をわかに見すかされて、どきっとした。ずっと前一度、日暮れ時に松原を通りかかったわかにいどみかかった事があった。人が通りかかって目的は達せられなかった。その腹いせもあって、今宵、徳兵衛の留守を見計らって、夜這《よば》いに行ったのだが、わかは居ない。すぐに上岬の灯明堂が頭に浮んだ。思ったとおり、わかは居たが、行灯を守るわかは、いつものおとなしいわかではなかった。きりっと唇をかみしめて、手にかまえている桶の中に油が光って見えた。

「どうしても上ってくるなら上って見ろ、この油を頭からぶっかけてやるから、行灯の火をつけりゃあ、お前は火だるまだ、それでもいいか」

十八の娘のどこにこんなことを言える力があるかと、与吉はたじたじとなった。これは徳兵衛の孫娘のわかの姿ではない、狐か狸の化け物のように、吊《つ》り上げた眼の中に殺気がこもっていた。

「そっちが、最初から喧嘩腰なら、こっちだっていくらも手はある。油なんかこわかあねえ、恋に焼けて死ぬ虫になったって、思いはとげて見せるぞ。だがなあ、わかよ、よっく心を落ちつけて聞けよ、この上岬の灯明堂は火を落してある筈だ。それに火を入れたお前のことが、お上に知れたら命はないで、仮にな、このまま俺が代官所に飛んでいって、恐れながらと訴え出たら、どういうことになると思う。お前も徳兵衛じいも、お縄を頂だいするということになるぞ——どうだ、合点がいってもいい年齢《とし》ずらおめえも」

与吉は理詰めでわかを脅迫《きょうはく》した。

「なにが合点がいくもんかね、おらはな、命を落す覚悟でやっている仕事だ、代々続いた灯明堂のおきての火を消さないことだけで一杯だ。代官様なんかこわくあるものか」

「ふん、お前がふんじばられたら、誰がこの灯明堂に火をともす」

「…………」

「それ見ろ、返事が出来めえ、今お前は命をおとす覚悟だと言ったな、その覚悟なら、この与吉の女房になった方がましじゃないか、そうすりゃ、なにもかもうまくいく」

「いやだ、死んだっていやだ」

「分らねえな、いのちに二つはねえぞ、灯明堂が可愛いか、お前の身体が惜しいか、どっちなんだ、まあいいよ、とにかく俺は上るからな」

「よせったら……」

わかの声と共に、油桶の油がびしゃっと与吉の頭にかかった。灯油が鼻から口へ入った。首すじから、ぬらぬらと胸元へ入っていった。

「畜生め、ようし、どうするか見ていやあがれ」

与吉は血相をかえてあたりを見廻した。

上岬の灯明堂の火は海からは見えるが、背後が松原にかこまれているから、村からは見えない。一里離れている白羽村の南浜からも見えない。徳兵衛と作造と見廻り役の田村松之助の三人は仮小屋の行灯を前にしておし黙っていた。徳兵衛も作造も上岬の灯明堂の火を消した痛手に打ち沈んでいた。なんとか方法があったものだ。が、もうこうなっては、どうしようもない。

松風がしきりに気になった。寒いから、何度も小用を足しに外へ出た。

「どこへ行くのだ……」

その度に松之助が二人をとがめた。

風が出て来て波の音が聞えた。徳兵衛は用を足しながら、上岬の方向の海へ眼をなげた。

「おやっ――」

上岬の沖の波が幾分白く光って見えた。遠く離れてはいたが、長年の経験で、その波の白さは、上岬の灯明堂の光を受けていることに間違いはないと見てとった。

(わかだな、わかでなかったら、作造の子の仙助かも知れない)

徳兵衛の顔に喜色が見えた。灯明堂に引返すと、彼は作造に眼で知らせてやった。

「お役人様、ちょっと」

作造が松之助に許しを乞《こ》うた。

「うるさい奴だな」

松之助は眠いのか機嫌が悪かった。

「どうも年をとると小用が近くなりまして」

そう言って作造は外へ出た。

(仙助だな、仙助でなかったら、わかかも知れない)

作造はそう思った。

徳兵衛と作造は時々顔を見合せて笑った。灯芯をかき立てることと、油を補給すること以外は用はなかった。夜が更けていった。二人の気持の中に共通した不安が出た。上岬の灯明堂をつけたのが、わかであっても、仙助であっても、その両方であっても、もし露見したら大変なことになる。色々のことが頭に浮んだ。第一に松之助が灯を発見する。これは今のところまず大丈夫、第二は村人からの訴人、まずないと思うが、それは絶対の確信が持てるものではない。第三に船からの訴えだ。灯明堂が二つあったと言う訴えが、駿府《すんぷ》に聞えたら、それでおしまいだ。だがこれには時間がかかる。沖を通る船が港について、書類を出す。それが廻り廻って駿府に達するころには七日はたっている。

砂浜を人の足音がした。眠っている松之助が、刀に手をやって、

「誰だ」

と叫んだ。

「仙助でございます、夜食を持って伺いました」

と外で答えた。

「入れ」

松之助が言った。徳兵衛と作造の眼が、かちりと合った。

（仙助でない。するとわかが一人で火を守っているのか）

十八の娘一人で火の番は危険だと言う気がした。徳兵衛の頭にすぐ、わかを狙《ねら》っている与吉のことが浮んだ。与吉は日の暮れ方まで仮小屋建築の使役に来て働いていた。帰り際に徳兵衛と偶然に眼があった。その時与吉はひどくあわてて顔をそむけた。変な男だ、その時はそう思ったが、今となって見ると、その与吉のことが気にかかった。

「仙助、ちょっと」

帰ろうとする仙助を追って灯明堂を出ようとする徳兵衛に向って、

「こら、なんの用じゃ、用があったら、ここで言え」

松之助が、ぎらりと眼を光らせた。

「なにか用ずらか」

仙助が言った。上岬の灯明堂を見に行ってくれとは言えなかった。

「仙助、御苦労だが、俺の家にいってな、酒を持って来てくれ、わかに聞けば分る。わかが遊びにでも出ていたら、探してここへ連れて来てくれ、御役人様の酒の支度をさせるのだ。滅法、今夜は冷えこむでな」

「余計な心配はいらぬぞ」

松之助が言ったが、内心酒を求めている顔だった。

仙助が腑《ふ》に落ちないような顔をして、引下った後を、今度は作造が追った。

「仙助よう、酒の肴《さかな》だがなあ……」

そう言いながら仮灯明堂を飛び出す作造に、松之助は文句を言わなかった。

「仙助、酒なんかどうでもいい、すぐ海岸を突走って、上岬の灯明堂へ行ってやれ、わかが一人で灯明堂を守っているぞ」

仙助は、はっとしたように、上岬の沖に眼を投げた。父親に言われてみると、確かに上岬の沖だけ波が光って見えた。灯明堂にあかりはついている。

「しっかりやれよ、二人でな」

仙助は、走りながら、父の言葉を闇の中に聞いた。

風が強くなった。仙助の足元から上る砂を吹きとばしていた。浜の松林を吹きわたる風の音と、波の音が入り混って、暗い夜に無気味な騒音を立てていた。走りながら、仙助は、わかの身になにか危険がせまっているような気がした。恋する者の直感だった。

与吉は上岬灯明堂の障子を一枚既にはずしていた。障子を取り払えば、風にあふられて、行灯の火が消える。火が消えさえすれば、もう恐れるものはなにもなかった。与吉は彼の情慾を風の音と共に高ぶらせていた。時々げらげら笑いながら、舌なめずりをした。けものが獲物を食べる前の仕草だった。わかは行灯の火をかばうようにしながら、まだ手から油桶は放していなかった。

二枚目の障子がはずされた。風が吹き込んで、行灯の火がゆれた。

「わか、三枚目をはずすぞ」

三枚目をはずせば、行灯の火は消える、どうだと言う最後のおどかしだった。

「おとなしく俺の言うことを聞くか」

わかの顔に絶望の色が浮んだ。与吉は勝ちほこった顔で、灯明堂の床へ右足をかけた。わかは、それ以上抵抗はしまいと思った。わかはもう自分のものだ。与吉は左足を上げようとした。なにかが左足に重くぶら下った。人の手に摑《つか》まえられた感じだった。ぞっと寒気がした。与吉の身体がずるずるっと床から引きずりおろされると同時に、男と男の激しい争いが始まった。与吉は不意に現われた仙助のために、もう少しのところで、食べそこなった無念さを怒りに変えた。仙助は自分の妻となるべきわかを襲おうとする暴漢は生かしてはおけないと思った。二人は死力を尽して砂浜をころがっていた。与吉が上になったり、仙助が上になったりしていたが、いくらか与吉の方が力が勝っていたのか、仙助は組みしかれて、起きられなくなった。

「やい仙助、これでもか」

与吉が仙助の首を両手でしめにかかった時、突然与吉は悲鳴を上げた。わかが、両手に握った砂を与吉の眼に投げたのだった。形勢は逆転した。与吉は見えなくなった眼をこすりながら、砂浜を逃げていった。

「二人とも、そのままにしてはおかねえぞ、覚えてろ」

捨てぜりふが松林の中から聞えた。

四

翌朝早く、代官所へ与吉が訴え出た。

「なに、上岬の灯明堂に火がともっていると」

近江十左衛門は与吉の訴えを聞いて、腕を組んだ。

「なにか夢でもみたのではあるまいな」

「この眼で見たのでございます。堂守徳兵衛の孫娘わかと、作造の末子の仙助が火をつけておりまする」

十左衛門はそのまま聞き捨てておいて、家来にその真否を調査させずにおいた。上岬の灯明堂は三日続いて消えなかった。

四日目の朝になって田村松之助があわただしくやって来て、十左衛門に言った。

「上岬の灯明堂の火をともしている者があるとの事、代官は御承知ですか」

十左衛門は、きさま、今頃知ったのかというような顔をして、

「噂は聞いたが、取るに足らぬ噂だ、おそらく狐火の類いでもあろう」

と、とぼけた答え方をした。

「いや、狐火ではござらぬ、この御時勢に狐火などという、たわけたことがありようがございませぬ。しっかとした証人がござる。あらためて見る必要があると存じまする」

松之助は今にも飛び出しそうである。

「まて、まて、今は朝だ。それに灯明堂をあずかる徳兵衛と作造は仮小屋の方に詰め切って、そちが監督しているではないか、二人が火をつけないとすれば、誰がつけると思うかの」

「徳兵衛の孫娘わかと、作造のせがれ仙助の二人です、不届き至極の奴等です。これから行ってひっくくって参ります」

松之助に取っては、酒を持ってくると言って来なかった仙助にうらみがあった。

「単なる噂だけでは人はくれない。松之助、今宵まで待て、拙者が直々取調べる……なんという顔をするのだ、拙者が、この眼で確かめると言っておるのだぞ……」

松之助は不服そうな顔をしたが、代官自らが、取調べると言うのに、それ以上、逆らうわけにはいかなかった。

代官近江十左衛門は、すぐ名主清兵衛を呼んだ。

「清兵衛、ちと聞きたいことがあるが、上岬の灯明堂に今もって火をともしている者があるそうじゃが、その噂を聞いているかな」

「いえ、初耳でございます」

「かくすことはない。拙者は、おそらく、それは狐火だと思うがどうじゃな」

「さよう、もし火がともって居れば、それは狐火でございましょう」

「そうだろう、今宵、一応取り調べるから、そちも同道してくれ」

「はっ……」

清兵衛は平伏した。取調べるから、前以て、その準備をして置けという謎《なぞ》と取った。上岬の灯明堂にわかと仙助が共同して火を入れていることは、もはや村中に知れ渡っていた。わかと仙助の二人をかばっている代官の気持がうれしかった。

「それからもう一つ聞くが、与吉と申す者は乱心者ではないかな」

「乱心と申しますと」

「さよう、夢遊病者のたぐいかな、見えないものを見たように思い込んで、触れ廻す一種の気狂いじゃ」

「はっ、いささかその気味にございます」

「それはよくないぞ、清兵衛、お前は名主じゃ、そういう者があったら、五人組にしっかとあずけて置いて、うろつかないように監督いたせ、しっかと申しつけたぞ」

清兵衛はかしこまって代官屋敷を出た。雨が降りはじめていた。

名主清兵衛は、その足で仙助とわかの家を廻って、今宵は代官のお調べがあるから、灯明堂には出てはならぬと言い置いた。与吉の方は五人組に言いつけて、しばらくの外出禁止の処置をとった。

（どうやらこれで、この村も罪人を出さずにすんだというもの、実に物の分った代官様だ）

清兵衛は、家に帰って、みの、かさを取ると、ほっとしたように腰を延ばした。

「どうしたもんずら」

わかと仙助は、囲炉裏《いろり》をはさんで向い合っていた。たださえ家の中は暗いのに、外は雨だから、夜のように暗い。二人の顔に榾《ほだ》の燃える炎が赤く映っていた。

「代官様は、わし等をお見逃しになるおつもりずらが、そうだからと言って、これまで、ともして来た灯明堂のあかりを、今夜だけ消すわけにはいかないなあ」

「そうだ仙助さん、そんなことをすりゃ、お先祖様に申し訳が立たねえずら」

「どうしずか」

二人は黙ってしまった。同じことを何遍くりかえしても名案は浮ばない。梢がぱちぱちはねた。はね火が飛んで、鉄びんの尻のすすに火がついた。すすに火がつくと、次々と火の粉が、リレーされて、狐火のように列を作って鉄びんの尻を廻っていく。

「そうだ、狐火だ、仙助さん、わし等は狐にならないか」

わかが突然眼を輝かせていった。

「狐になるって、どうするだ」

「代官様は、狐火だとおっしゃった。だから、今夜も上岬の灯明堂に火を入れて、わし等二人は裏の松林に、狐になってかくれているだ。時々こっそり近よって、灯芯をかきたて、油をついでやりゃあいい、ひとりが見張りをして一人がそうするだよ」

「みつかったら、どうする」

「その時は、その時だ、わしは仙助さんと一緒にお仕置を受けるなら、どんなお仕置でも我慢できる、殺されてもいい……」

あとの方は小さい声で言った。

「わかさんがその覚悟なら、俺には異存はねえ、それじゃあ……」

と、仙助が立ち掛けるのを、わかは眼で押えた。

「もう帰るけえ、いま薩摩芋が煮えるちゅうに……」

「だって、二人だけずら、人に見られたら、おかしいじゃねえか」

「いやなら帰ったらいい、仙助さん、あんたはほんとはおらのこと好きではねえな、それだで、逃げるずら」

「なにを言うか、わかさん、俺は、俺はな……」

仙助が囲炉裏を廻って、わかの手を取った。榾がぱちっとはねて、飛び火が仙助の袖についたが、それにも気がつかず、二人は、ひしと抱き合って頬を赤くしていた。

五

「雨の夜には狐火が出るというが、まことかな」

代官近江十左衛門が言った。

「そうとも限りませぬ、春先の、もやもやした、さようでございますな、一人ではなんとしても居られぬような夜に、よく狐火は出るものでございまする」

名主清兵衛は手に持った弓張《ゆみはり》提灯《ぢょうちん》を突出して十左衛門の足元を照らした。

「と言うと、狐火と言うのは、あれは畜類の恋のともしびか、なるほど、風流なものだのう、清兵衛、お前ほんとうに見たことがあるかな」

「いや、こちらが狐火を作る方でございましてな」

「その年でか」

二人の笑う声が、松林の中へ消えていった。

「まだ遠いかの」

「この松原を通り過ぎれば海岸でございます。冷たい雨でございますな」

松林を出たとたんに顔に横なぐりの雨が当った。

「これはひどい」

二人がかむっていた傘《かさ》をかしげて、雨風をよけながら闇に眼をやると、砂丘を越して向うにぼんやりと火が見えた。

「やっ――」

十左衛門が声を上げた。

「清兵衛、あれは上岬の灯明堂ではないか」

「さようでございまする」

「たわけ者め、なんのために今朝お前を呼んで注意を与えたのだ。お前はこの村の狐めに申し伝えてなかったのか」

「いえ、確かに狐共には今宵は代官様のお調べがあることは申してございます」

「さすれば……」

十左衛門は刀の柄《つか》に手を掛けた。

「よんどころないことだ、上をないがしろにする不届きの狐、眼の前に、おきてを破る者を見て成敗できないのでは代官はつとまらぬ、不憫《ふびん》だが斬らねばならない」

十左衛門の顔は見えないが、怒った顔が清兵衛にはよくわかった。仙助とわかにあれ程よくいい含めておいたのに、命知らずの若者共めと、清兵衛は心でため息をつきながら、それでもなんとかして二人の助かる道を考えていた。十左衛門の足が早くなった。歩き方で十左衛門が単なるおどかしをしているのではないことが分った。斬るつもりだなと思った。

「代官様、代官様」

清兵衛が後ろから声をかけた。

「代官様、あの灯明堂は確かに狐火でございます、よっく御覧なされませ、火だけが見えて堂守の姿はありませぬ」

十左衛門の足が止った。堂守のいない灯明堂の灯は、障子の隙間から吹き込む風でゆらめいていた。じっとして見ていると、それは雨の中に燃え出した妖怪の火のようであった。

「清兵衛、拙者を計ったな」

「とんでもないこと、確かにあれは狐狸《こり》の類のなす業、近寄ってはなりませぬ、近よって、あの断崖《だんがい》から海へ落ちるようなことがあっては……」

清兵衛は必死になって、十左衛門の雨合羽を引いた。

「離せ、武士として、かけるべき情けはかけてやった。それに甘えて、拙者を計るとは不届き至極の奴じゃ、狐はこの付近に必ず居る筈じゃ、斬ると言ったら必ず斬る、それ以上引きとめると、お前を真先に斬るぞ」

十左衛門は清兵衛の胸を突いた。清兵衛は提灯を持ったまま砂浜に尻をついた。

遠くで人の声がした。多人数の声である。提灯がいくつかとんで来た。

「代官様、清兵衛様」

そう言う声が入り乱れて飛んで来た。

「ここに居る」

十左衛門が声をかけた。田村松之助が真先に走って来て、砂の上に手をついた。

「夜中、急な御使者でございます。白羽村の仮灯明堂は即刻、取りこわし、従前のとおり上岬の灯明堂に火をかかげよというお達しにございます」

「なんだと、あわてずに、もう一度言って見ろ」

十左衛門は、抜身の刀を携《ひっさ》げていた。提灯の火に刀身がぎらぎら光っていた。松之助が、もう一度使者の口上を伝えた。

「さようか、一刻の差で、拙者は二匹の狐を斬るところであったぞ」

代官所に火が赤くかかげられていた。使者広田軍之助と、代官近江十左衛門は、更けるのもかまわずに、酒を飲んでいた。二人共に愉快そうであった。

「実際、この頃の御時勢は一日が、一昔の十年ぐらいの早さで変っていく、昨日まで佐幕藩だと称しているのが、くるっと勤王藩に変る。政治もその通りだ。仕える身になって見ると、やり切れないことだ」

広田軍之助が言った。

「全く以て、同感つかまつる。拙者のような田舎代官でさえも、朝令暮改のお達しには困惑しておる。それ以上困るのは百姓、町人、一体どちらを向いたらいいか分らず、ちょろちょろしておる始末だ」

近江十左衛門が言った。

「重大な段階に行きつきそうだというのが、もっぱらの推測だ。日本も一本に固まるのが時勢というのかも知れないな……それにしても貴公、今度はお手柄だったな」

「なにが？」

「なにがって、さっきの話のつづきさ、上岬の灯明堂を狐に守らせたことはよい。薩摩の軍船は一昨夜、無事この沖を通り申した。御前崎の灯明堂を念を入れて二つともして置いてかたじけないという挨拶であった」

「えっ――」

「驚くな、藩の大勢は大政奉還にかたむいている。今度の仮灯明堂の儀もほんの一部の過激思想の者が考えついた策だ。今から思えば冷汗ものだ。もし上岬の灯明堂の灯が消えて、薩摩の船が難破でもして見ろ、それを言いがかりにして、わが城下は一つぶしに会ったかも知れない。相手は錦《にしき》の旗をかかげているからな、全く貴殿のお手柄だ」

軍之助はそういって、十左衛門に酒をすすめた。

「いや、拙者の手柄などは一つもない。さっきも申した通り拙者は貴殿の口上通り、この五日間、白羽村の仮灯明堂を守り通したまでのことだ。狐のしたことまでは代官の責任ではないな」

十左衛門は余り面白くないと言った顔である。

「まあいいではないか、もう過ぎたことだ、それよりも、十左衛門殿、その仙助という狐とわかと言う雌狐は夫婦狐《みょうとぎつね》かな」

「いやまだ婚礼をしたとは聞いておらぬが」

「そうすると、その若い二人はこの五日間、上岬の灯明堂で恋の火をもやし続けていたというわけだな、大儀至極のことだ」

「軍之助殿、今の言葉はちと違う、その二人はではない、その二匹の狐はだ。狐の恋がどんなものか拙者は知らないが、仙助とわかは拙者が仲人になって、早速婚礼の式を上げさせるつもりだ」

「きっと、すばらしい灯明堂守が生れるであろうなあ」

二人はそう言って外を見た。いつの間にか雨が止んで、星が出ていた。朝が近づいているらしかった。

駒ヶ岳開山

山伏の歩き方はけっしてはやい方ではなかったが着実だった。一つの岩根を廻りこむにも、岩に抱きつくようなみじめな格好はしなかった。岩には手をかけたが、岩を突き放すようにして、身体の重心の方向をちゃんと、足下におとしていた。

横岳の稜線《りょうせん》を歩くときにも、おっかなびっくりのへっぴり腰ではなかった。ぴんと背を伸ばして岩の稜線を確実な歩調で進んでいった。

八ヶ岳は南北に尾根が続き、そのうちでも横岳はもっとも険阻《けんそ》な岩稜であった。西側は切り立ったような断崖になっていた。岩稜には十数個の尖塔《せんとう》があり、それぞれに、山岳宗教にちなんだ名前がつけられていた。

文化十一年七月——このころ八ヶ岳は既に開山されておりかなりの入山者があった。

権三郎と善之助が山伏に追いついたのは、二十三夜峰の岩の根子を廻ったときだった。

山伏は二十三夜峰に向って合掌していた。兜巾《ときん》をつけ、すずかけの衣を着て、はばき、わらじを穿《は》いているところは見なれた山伏姿だったが、笈《おい》は背負わず笈のかわりに袋を斜めに背負っているところが普通の山伏とちがっていた。追いついて見ると、山伏は考えていたよりもずっととしを取っていた。五十をいくつか越えて見える顔なのに、危険な岩根をおそれずに、若者のように歩いていく、山伏に、ふたりは敬意を払った。

山伏はふたりが近づいたのを見ると、錫杖《しゃくじょう》を立てていった。

「先へ行って貰おうか」

ふたりは顔を見合せた。なんだか山伏を追越していくのは悪いような気がしたから、しばらくためらって、権三郎の方がふたりを代表していった。

「どうぞ、お先に、わしらはいそぎませんから」

「ふもとの村の者か」

山伏はふたりを見くらべていった。

「はい、すぐこの山の下の諏訪《すわ》の者でございます」

山伏はうなずいて歩き出した。日の岳までの岩尾根道から、鉾岳《ほこだけ》の西側をからむように捲《ま》いて、石尊峰、三叉峰などの尖峰の前に来ると山伏はいちいち立止って合掌した。三叉峰の次が横岳の頂上奥の院だった。奥の院といっても、石の祠《ほこら》が一つちょこんと置いてあるだけのせまい頂だった。

山伏はそこでややながい時間をかけて合掌した。権三郎と善之助は、山伏がそうしているのに、ふたりでぼんやり立っているのは悪いような気がしたから、ふたりは肩を並べて、石の祠に向って手を合わせた。

「いくつだ」

山伏がいった。

「ふたりとも十八でございます」

善之助が答えた。

「山は好きか」

山伏は岩の上に腰をおろしていった。

「はい大好きです。毎年、夏が来ると、ふたりは山に登ることにしています。八ヶ岳へはこれで三度目です」

権三郎はそうこたえてすぐ山伏に、

「お坊様はずいぶん山を歩きなさったようにお見かけしますが……」

山伏にお坊様と呼びかけたのは、それ以外に呼びかけることばがなかったからであった。

山伏は僧のように見えて僧ではなかった。胸に数珠のようなものをさげてはいたが一般僧侶の数珠とはちがっていたし、合掌はするけれど口に出すものは南無阿弥陀仏《なむあみだぶつ》ではなく、「アビラウンケンソワカ」であった。

権三郎も善之助も山伏が、彼の村へやって来て、加持祈禱《かじきとう》をやっているのを何度か見ていた。修験道《しゅげんどう》が、もともとは天台宗や真言宗から出たものであることは知らなかったが、難行苦行の修業を積んで体得した法力呪力《じゅりょく》を持って、加持祈禱をやっているのだということはうすうす心得ていた。祈る方法は違っていても、ふたりにとっては、やはり山伏は一種のお坊様に見えた。

「山へはずいぶん登ったがこれといって自慢できるような山へは登れずに、とうとうこのとしになってしまった」

山伏はそういって、修験者としての彼の過去を話し出した。吉野金峰山、熊野の三山をふり出しに諸々方々の山を歩き廻って来たけれど、それらはすべて先達《せんだつ》のあとをついて歩いた山ばかりであってまだ自力で開いた山はひとつもなかった。

「山ばかり歩いていて気がついたら、もうこのとしだ、これから誰も登ったことのない山など目ざしたところでどうにもなるものではない」

山伏は自嘲《じちょう》した。

「誰も登ったことがない山がまだあるのでしょうか、富士山にだって登れるようになったのですから、もう人が登れないような山はないのではございませんか」

権三郎がいうと、山伏は、首をはげしくふっていった。

「富士山は、高いだけで誰にでも登れる山だが、いかに頑張っても険阻で登れない山がまだ百ほどもある。ほら見ろあの山を……」

山伏は雲海の上にたつ甲斐《かい》駒ヶ岳をさしていった。

「お前たちが諏訪の者ならば、あの山の名を知っておろう。あの甲斐駒ヶ岳は、まだ誰も登ったことはない。いや登れない山のひとつなのだ。今度はこっちを見ろ、あのずっと向うに槍のように先のとがった山が見えるだろう、槍ヶ岳という山だ。あの山へもいまだかつて人が登ったことはないのだ」

山伏のゆびさす、甲斐駒ヶ岳と槍ヶ岳とは方向がちがっていた。槍ヶ岳の方は多くの白銀の嶺の中の一つの秀でた山だったが、甲斐の駒ヶ岳は雲海の上を歩いていけば、いますぐにでも行けそうなくらい近くに見えた。

「あの駒ヶ岳がねえ」

善之助がいった。

「へえ、あの山に誰も登ったことはないのかねえ」

権三郎がいった。ふたりはこどものころから駒ヶ岳にはもう馴《な》れっこになっていた。ちょっと高いところへ登ると駒ヶ岳はよく見えた。

「そうだあの山へは誰も近づけないのだ。あの山に最初に登った者は、駒ヶ岳開山の大先達になれるのだ」

山伏のいった大先達ということばがふたりの耳を打った、ふたりは先達ということばを聞きかじっていた。それに大がつくと、たいへん立派に聞えるし、威勢もよかった。

「大先達になるとどういうことになるのですか」

「どういうこと？」

山伏はふたりの顔を交互に見くらべていたが、

「大先達というのは、ふつうの坊主の位でいえば僧正ぐらいになるのだ。そのへんの寺の和尚なんかくらべものにならないほど格式高い位なのだ」

だがまだふたりには、大先達の位の意味がよく飲みこめなかった。

「大先達ともならば、数百の山伏の上に立つことができるのだ、堂、院も持てよう、講も開ける――だがそれはなかなかなれるものではない、このおれだって、死ぬまで山を駆けめぐって、先達になれればいいほうだ、大先達などはのぞみのそとのことなのだ」

「いったいその位は誰がくれるのです」

善之助がいった。

「京都の本山でくださるのだ。ちゃんとした証拠のものを持っていって、それが正しいと認められれば、お前たちだって、その位が貰えるのだ。いや年齢なんかどうでもいい、字が書けることと、あとは実績だ。修験道は、実績がものをいうのだ。ただ年の功で位が貰えるというものではない」

山伏はそこまで話してから腰を上げようとした。夏といっても、山の上には風があった。じっとしていると寒い。

「お坊様、私たちがあの駒ヶ岳へ登れば、ほんとうに大先達という位が貰えるのですね」

「間違いなく貰えるはずだ。だが、並大抵《たいてい》のことでは駄目だ。いままでに駒ヶ岳へ登ろうとして死んだ修験者が何人かいると聞いている、このおれも若いころ、やろうと心がけたことがあった。十日も経たないうちに嵐に打たれて追いかえされてしまった。もし駒ヶ岳開山を狙《ねら》うならば、死ぬつもりでないとできないだろうな。生命との引きかえならば、或いはあの山のいただきをきわめることができるかも知れない」

山伏は念のためにといって、京都の彼の寺の名前と彼の名を告げて去った。

駒ヶ岳は雲海の上に白く輝いていた。白く輝く山という以外にこれといって特徴はなかったが、しいていえば、いただきが三角形になっていることで、それも、一般的には高い山の形態であって、それが駒ヶ岳だけに通ずるものではなかった。

「夏でもあれだけ白く輝いているから雪が深いだろうな」

権三郎がいった。

「そうだ、登るとすればよほどの覚悟じゃあないとだめだな」

善之助がいった。

「だがやってできないということはないだろう、あの山だって、どこかに頂上へ登る道を見つけだすことはできるはずだ」

権三郎がいった。

「やってみようか」

善之助がそれに応じて、ふたりはたがいに相手の心を覗《のぞ》くように見合っていたが、やがてふたりそろって駒ヶ岳の方を向いた。どちらからとなく溜息が洩《も》れた。それは雲海に浮く駒ヶ岳の美しさに対する讃美と同時に、あきらめの溜息だった。

十八歳のふたりの駒ヶ岳登山の野望はふたりだけの心の中に半年間温存されていた。

権三郎は上古田郷、百姓今右衛門の三男、善之助は下古田郷の百姓善右衛門の次男だった。ふたりとも村では裕福な家に生れたが、長男ではないから、いくらかの田畑を分けて貰って分家するか、それとも養子にいくかどちらかであった。分家したところで食っていくのがせいいっぱいの水飲み百姓、養子に行けば一生牛馬のようにこき使われるだけのことであった。次、三男としてのもうひとつの道は、江戸に出ることだった。ちゃんとした身元引受人があれば江戸へ出られたし、江戸へ出て成功した人もあった。

ふたりは村に残るか、家を離れるか、どっちか決めねばならない年格好になっていた。

(江戸へ行ったが、奉公がつらくて主家を逃げだしてぶらぶらしていたら、無宿者として佐渡の金山へ送られたそうだ)

そういう噂が村々に伝わった。江戸へ出てもそういう陥穽《かんせい》があることもまた事実であった。その年のおおみそかにふたりは諏訪明神へ二年参りにいった。その夜、ふたりは凍《い》てついた道の上を歩きながら、駒ヶ岳登山のことを話し合った。やるとすれば暇と金が必要だった。ふたりの両親が息子たちの計画に同意して金と暇を与えることはむずかしいことだった。

「明神様のおみくじをひいてみよう、ふたりがそろって大吉と出たら、親たちに話してみようじゃないか」

運はその夜のうちに開けた。

そのおみくじが偶然のようにふたりともそろって大吉と出たばかりでなく、雑踏の中で諏訪家の紋の入った印籠《いんろう》を拾った。高島藩の家老の千野貞侃《さだやす》が参詣に来て、落したものだった。千野家の先祖千野伊豆入道が諏訪頼重に貰ったという印籠だった。千野貞侃はふたりに銭三貫匁目《もんめ》を謝礼として与えた。奇跡はそれだけではなく、当夜ふたりは、帰途、横内郷のあたりで、釜無川《かまなしがわ》から、甲斐駒ヶ岳の方向へとんでいく火の玉を見た。ふたりはそれを吉祥の光明だと思った。三つ重なった奇跡は両家を動かした。権三郎と善之助の甲斐駒ヶ岳登山決行は確定した。

年が明けて文化十二年になってから、ふたりは古田郷から諏訪明神までの往復四里の道を毎夜通って、駒ヶ岳開山成功を祈願した。ふたりは素足に草履、肌着一枚で、凍った道を走った。足ゆびが凍えそうになると、用意していた乾いた藁《わら》でたたいては正気をとりもどしてまた走った。

ふたりが、諏訪明神に、生命と引きかえに駒ヶ岳開山成功を祈願しているという噂が流れた。

ふたりにとって迷惑千万な噂だった。生命と引きかえに登山するくらいなら初めっからやらないほうがましだった。噂はいくら否定しても消えなかった。その年の夏に近くなると、

「権三郎と善之助のふたりは、駒ヶ岳開山に成功したら、入定《にゅうじょう》すると諏訪明神に願を掛けた」

という噂になった。

享保《きょうほう》十八年の夏、江戸の油屋身録が富士山吉田口七合目の石室《いしむろ》の中にこもって絶食入定して以来、岩穴にこもって念仏をとなえながら食を絶って他界する者が各地に現われて

いた。

権三郎と善之助が駒ヶ岳開山のあかつきは入定する覚悟であるという噂は、いかにも真実らしく伝えられた。駒ヶ岳開山はまず成功することはないだろうという見とおしと、無責任な残酷趣味がこの噂を作り出したのである。

諏訪藩の家老千野貞侃が権三郎と善之助の家へ使者をよこしたのは六月の初めであった。使者牛山伝左衛門は家老の口上として、かねて噂を聞いたが、なかなかあっぱれなる覚悟、ほめてつかわすといって金一封を置いていった。

お家老様のお使いが来て、あっぱれなる覚悟といったのは、入定を覚悟の上の登山を讃《ほ》めたものと世間では解釈した。噂はたんなる噂を脱した。

「えらいことになったな」

死ぬのはふたりともいやだった。

ふたりはどうして局面を打開するかについて相談した。

「もう少しというところまで行こうじゃあないか、頂上まであと一町というところで、それ以上は登れなかったということにして引きかえせば、死なないで済むだろう」

ふたりは六月の半ばに諏訪を立って、甲州街道を北巨摩《きたこま》郡の横手村に向った。駒ヶ岳へ登山するとすれば横手村が一番近いだろうということをふたりは冬のうちに来て調べていた。

横手村の孫四郎の家がふたりの宿となった。ふたりは、付近の猟師や樵《きこり》を集めて駒ヶ岳へ登る道を聞いた。

ほとんどの猟師や樵は、横手村から西に見える黒戸山のいただきを目ざして登り、黒戸山から更に尾根筋を駒ヶ岳までいくしかないだろうといった。黒戸山まではどうにか行けたが、そこで引返して来た行者が何人かいたという話もした。

権三郎と善之助は韮崎《にらざき》の代官に登山の許可願を出して、その翌日から、腰に鉈《なた》を持って山の中へ入っていった。孫四郎の世話で横手村から三人の人手を借りた。

それは登山ではなくて藪払《やぶはら》いの道作りだったが、そうしないと駒ヶ岳まで近づくことはできなかった。

権三郎と善之助は来る日も来る日も鋸《のこぎり》と鉈を持って山へ入っていった。一日に十間か二十間しか進めないことがあった。小屋もところどころに作って、そこに食糧を担《かつ》ぎ上げた。最初手をかしてくれた横手村の人たちも、登山だけが目的の道作りの仕事に愛想をつかして去ると、あとはふたりだけになった。ふたりは、そこに秋までいた。ときどき横手村へ食糧の補給におりて来たが、諏訪へは帰らなかった。ふたりの駒ヶ岳登山の噂があまりにも喧伝《けんでん》されすぎたから手ぶらでは帰れなかった。

その年ふたりは初雪が降ってから山をおりた。それまでに、黒戸山のいただきまで、どうやら道をつけていた。

ふたりは黒戸山のいただきを越えたあたりのコメツガとシラビソの間から、白く輝く駒ヶ岳のとがったいただきを見た。そのいただきの白さは固い白さだった。雪とはちがった感じの白さだった。

（雪ではないらしい）

ふたりはそのときになって、駒ヶ岳が雪のように白く見えたのは雪ではなく、花崗岩《かこうがん》の岩のくずれたあとであることを知った。その年の暮から春にかけて、ふたりは多忙だった。

ふたりは、翌年の夏を期していよいよ駒ヶ岳登頂を決意した。彼等は黒戸山から駒ヶ岳まではほとんど岩から岩の伝い歩きであることに目をつけていた。垂直の岩壁もあるだろうし、岩の割れ目も渡らねばならないだろうと予想された。彼等はその道具を用意した。岩を登るには、岩をくだいて、足掛りをつくらなければならなかった。彼等は、岩の割れ目に打ちこむ足掛り用の鉄のくさびを用意したり、岩にかける小型な梯子《はしご》や縄ばしごも作った。先に鉤《かぎ》がついた投げ縄も用意した。戸隠へでかけていって、修験者に岩登りの方法を聞いたり道具も調べて来た。

氷餅（餅を凍らして、それを日に乾したもの）を多量に作った。前年の経験から氷餅が携行食糧として最適であることを知ったからである。寒さを防ぐには真綿がもっともよかった。真綿を入れた胴着や、睾《きん》かくしが用意された。防風雨用の蓑《みの》は重くて行動に不便だから、渋紙、油紙の合羽を用意した。衣服の中に諏訪明神のおふだが縫いこまれた。

ふたりが甲斐駒ヶ岳開山を志していることを聞いて、近在から激励に来る者がいた。半数はひやかしだった。なかには、入定の地はどこだとか、ふたり一緒に入定するのかなどと聞くものがいた。ふたりは、いやな顔をした。

文化十三年四月、まだ山には雪があるというのに、ふたりは村を出た。その夏の間にけりをつけるとするならば、できるだけはやく山へ取りかからねばならないと考えたのである。

ふたりは横手村につくと、早速、去年作った道の直しと、途中の小屋造りと、荷あげにかかった。横手村から黒戸山の頂上までの間に、三カ所の小屋を作って、食糧や道具は上へ上へとあげられていった。

ふたりが岩壁に取りついたのは梅雨が終ったころだった。

その岩は屏風《びょうぶ》のようにふたりの前に聳《そび》え立っていた。高さおよそ百五十尺はあった。ふたりはその岩を屏風岩と命名した。屏風岩の左右は切り立ったような断崖だから、そこへおりていくこともできないし、側面に廻りこむこともできなかった。駒ヶ岳へ登るには、その屏風岩を越えるしか手法はなかった。

ふたりは屏風岩の取りつき点を調べるために、その岩の基部を歩き廻った。或る日、ふたりは、はげしい雷雨に襲われた。屏風岩の基部からやや離れたところに岩穴らしいものがあった。ふたりはそこで、白骨死体と錆《さ》びた錫杖の頭を発見した。百年前のものか二百年前のものかも分らなかった。ただ、行者がそこまで来て息を引き取ったことは事実だった。ふたりは、その穴の奥に、白骨と錫杖を葬った。あまりいい気持のものではなかった。このことを他人に話すと、またなんだかんだと、よからぬ因縁話をつけられるから黙っていようと話し合った。その洞窟《どうくつ》の入口に一条の水が滴下していた。ふたりはその水を手に汲《く》んでいって、無縁仏の墓にかけてやった。

屏風岩はどう研究してみても、その岩に、正面切ってぶっつかっていくしかほかに頂上へ行ける道はないという結論がつくまでに十日あまりかかってから、ふたりは屏風岩に、足掛り用の鉄の楔《くさび》を打ちこんだ。

それからふたりは迷わなかった。

ふたりは石鑿《いしのみ》で岩をくだいて足掛りを作ったり、岩の割れ目に鉄の楔を打ちこんで、手掛りや足掛りとした。投げ縄を使って、岩の間に生えている木の幹に縄をまきつけ、岩をよじ登ったりした。或るていど登ると、適当なところに綱を取りつけた。梯子を掛けわたすところもあった。夜は、綱や梯子を伝わっておりて来て仮小屋で眠った。

梯子は、そのへんの木を切って来て、藤蔓《ふじづる》で結んで作りあげたが、岩壁に吊《つ》りさげる綱は藤蔓では危険だった。

横手村の孫四郎が来て、ふたりの窮状を知ると、村へかえって数日後に、蕨《わらび》の根で編んだ太い綱を人夫に背負わせて送りとどけて来た。岩を鏨《たがね》でけずる金槌《かなづち》の音が一日中響いていた。一ヵ月たって、あと余すところ五間ほどのところで暴風雨がきた。綱は残ったが、梯子は大半谷底へ落ちた。

屏風岩を登りつめたふたりは、さらにいくつかの岩を越えた。針葉樹の背丈がひくくなり、やがて、ハイマツとシャクナゲの生いしげっている山の背に出た。森林限界へ到着したのである。ひと息つくだけの広さがあった。頂上は間近にせまっていた。ふたりはそこに、最後の仮小屋を設け、そこへ食糧と道具類を運んだ。

「これから頂上までは半日はかかるだろうな」

権三郎がいった。頂上まで登ると、村へ帰って、入定の噂に苦しまねばならない。そのことが権三郎の頭にふと持ち上ったのである。

「とにかく行けるところまでいってみようではないか、あとのことはどうにでもなる」

善之助がいった。

その夜から雨になった。雨は二日続いて、その翌日はすばらしい天気だった。雨に洗われた花崗岩の白砂が一段と美しく輝いていた。それからはきつい登りであったが屛風岩に登るほどの危険はなかった。なによりも、見とおしが効くことがふたりにとって幸いだった。ふたりは頂上への道を探した。絶頂に近づいたという感じだった。ふたりは、綱で体を結び合って、一人が動く間は、一人は、綱を両手に持ち、足をふんばって、こたえていた。その方法は誰に教えられたのでもなく、必要が生み出した知恵だった。危険な場所は、まだあった。頂上へ登る最後の難所はふたりの肝を冷やした。何百尺という断崖を下に見ながら、岩壁を横這《よこば》いする時は生きた気持がしなかった。ふたりはこの場所でも綱をふんだんに利用した。駒ヶ岳の頂上付近は奇巌《きがん》にかこまれていた。それらの奇巌が眼下になり、はっきりと、たったひとつのいただきが前に現われたとき、ふたりは顔を見合わした。それが駒ヶ岳の頂上だった。ふたりは岩の上を這うようにして登った。頂上直下で引き返そうという約束は、そのときふたりの頭の中にはなかった。断崖の下から風が吹き上げていることだけをふたりはほのかに感じていた。誰も登ったことのない駒ヶ岳のいただきに間もなく立てるのだということでふたりの心はいっぱいだった。

岩は手にかたかった。わらじで踏んでいる岩もかたかった。ふたりはいきなり青空のなかに頭を突っこんだ。どこを見ても、彼等より高いところはなかった。そこが駒ヶ岳の絶頂だった。駒ヶ岳の頂上には風化の極に達した岩石が堆積《たいせき》していた。そこには一木一草もなく、人はもとより、生き物が近づいた形跡もなかった。岩に苔《こけ》も生えていなかった。

　誰もやれなかったことをやったのだという感激がふたりを泣かした。権三郎は声を上げて泣き、善之助は声をおしころして泣いた。

「おれたちはとうとう駒ヶ岳に立った。だが、このことは里へ帰っても言えねえな」

　善之助がいった。

「そうだ、頂上へ立ったとなると、世間の奴等はいやでもなんでも入定しなけりゃあならねえようにしむけて来るに違いない」

　権三郎がいった。ふたりは用意して来た鉄の楔を頂上の石の下にかくした。なにかの折の役に立つかと思ってそうしたのである。頂上の南側の、もっとも危険なところへ来ると、ふたりは綱の端を岩に巻きつけてそれにすがった。そうしておりなければ、おりられなかった。綱があとに残った。

　ふたりは、おそらく二度と来ることはないだろうと思いながら、頂上をおりた。黒戸山の仮小屋まで一気におりて来ると、そこに、横手村の孫四郎と村の若者二人が来ていた。辰吉と安春だった。

「とうとうやったか」

三人はふたりの顔を見てほとんど同時にいった。二人は顔を見合せた。やったといいたかったが、言えなかった。

「登ったのだな」

と安春がいった。横手村の安春は猟師の子であったが、博打《ばくち》打ちなどとつきあいもあって、あまり評判のいい男ではなかった。

「登ったなら登ったと男らしく言ったらどうだ。まさかてめえたちいまとなって入定するのがいやになったのでもあるまい」

安春は舌なめずりをしながらいった。

「まあいいじゃあないか、安春」

孫四郎が安春をおしとどめておいて、

「もう少しのところでやはり駄目だったのだろう、なあに無理することはねえ、来年もあることだ」

といった。孫四郎は二人が駒ヶ岳登頂に成功したことに間違いないとみたのだが、入定の噂からふたりをかばってやるためにそういったのである。

権三郎と善之助は孫四郎の好意に感謝した。その夜、善之助は権三郎の耳もとで囁《ささや》いた。

「おれたちは、もう少しというところで力が尽きた。頂上に最初に立ったのは孫四郎だということにしようではないか、そうすれば、おれたちふたりの顔も立つし、いままでおれたちの世話をしてくれた孫四郎の顔も立つ。明日孫四郎を案内して三人で登ろうではないか」

権三郎が頷《うなず》いた。

だが、その翌朝、彼等が眼を覚ました時、安春ひとりがいなかった。安春は諏訪のふたりと孫四郎との話合いを察知したのである。

四人があとを追っていくと、安春は、最後の岩場を綱にすがりながら登り切ったところだった。

「えらいことになったな」

孫四郎がいった。

孫四郎と辰吉、その次に権三郎と善之助が登頂した。

「おい見ていたな、駒ヶ岳の開山はこのおれだぞ、おれは山をおりたら、京都の本山へ届け出て大先達にして貰うつもりだ、いいな、誰も文句はないな」

安春は四人を睨《ね》めまわしていった。安春に開山の栄誉を奪い取られることは二人にとっても、孫四郎にとってもがまんできないことだった。権三郎が意を決していった。

「おれと善之助がきのう最初に登った。その第一の証拠は岩に懸けわたした綱だ。そして第二の証拠はこれだ」

権三郎は、頂上の石の下に埋めておいた、鉄の楔を出して三人に見せた。権三郎・善之助の名前がほりこんであった。

「そうか、お前たちが登ったのか、それなら、約束どおり、お前たちは立派に入定するだろうな」

安春はせせら笑った。

権三郎、善之助による駒ヶ岳開山は、韮崎の代官所へ報告された。韮崎の代官所から権三郎、善之助が呼び出しを受けたのは、横手村についた翌々日だった。横手村の名主清兵衛、百姓孫四郎もふたりにつきそっていった。二人の駒ヶ岳開山は公認された。ふたりにかわって名主清兵衛が、駒ヶ岳開山を京都の本山へ報告に行きたいから書きつけを貰いたいというと、代官所では「この者たち駒ヶ岳開山申候《そうろう》こと相違無之《これなく》候也《なり》」という覚え書をくれた。韮崎の代官所には、ふたりの登山願があったことであり、隣国の諏訪藩の家老千野貞侃が韮崎の代官瀬沢軍兵衛と昵懇《じっこん》であり、ふたりの登山についての依頼書が瀬沢のところにいっておったのも、ふたりにとって幸運だった。

役人は三人いた。一番偉そうな役人が、書きつけをふたりに渡すときに、

「噂によるとふたりは駒ヶ岳開山したあとで入定するという話だが、さようなおろかな真似は夢々するでない」

といった。

善之助はその夜、孫四郎の娘ちせと藁小屋《わらごや》の中で会った。ふたりは夫婦約束をした間がらだった。

「逃げよう、村に帰るとみんなが、いつ入定するのだ、どこで入定するのだというに違いない。ぐずぐずしていると臆病者だ、腰抜けだ、駒ヶ岳へ登ったのも嘘だろうなどといわれるにきまっている。そういわれて村にいるよりも、村を出た方がいい。江戸へ逃げよう、江戸には知った人がいる」

だがちせは黙っていた。江戸へ逃げようといっても、ちせはその準備もないし、父母兄妹を置いてとびだすほどの決心もつかなかった。

「だって善之助さん、あなたが入定するといったのではなく、他人が勝手にこしらえた噂でしょう、そんなことは気にすることはないでしょう、時が立てば噂は消えます」

ふたりの話はなかなかつかなかったが、結局おちせは善之助に言い負かされた。

「では明日の朝白みかかったころ、村のはずれで……」

ふたりは約束した。

おちせはその朝、姿を見せなかった。家を出ようとしたとき家人に見つかったのである。

善之助はひとりで江戸へ向った。韮崎のあたりから、駒ヶ岳がよく見えた。彼は、あの山はこのおれが最初に登ったのだぞと何度か心の中で叫んだ。江戸までの路銀はあった。これで自分は生きられるがあとに残された権三郎は気の毒だと思った。

権三郎は善之助がいなくなったとき、さほど驚かなかった。自分がやろうと思っていたことをひと足さきにやったのだと思った。権三郎もなんとかして村をとび出す考えでいた。

権三郎は諏訪へ帰った。村人は讃辞とともに彼を迎えたが、二、三日たつと彼の入定を予期したような噂がぽつぽつ現われて来た。善之助の失踪《しっそう》の話をこと面白く吹聴《ふいちょう》するかたわら、権三郎の入定の地は、駒ヶ岳の山麓《さんろく》だなどとまことしやかに触れ廻るものがあった。

諏訪藩から使いがあって、権三郎は、家老千野貞侃に会い、さらに千野貞侃の口添えで城主諏訪忠恕《ただみち》に目どおりを許された。諏訪忠恕はあっぱれである、讃めてつかわすとひとことといったあとで、これからは身を大事にして長生きをせよとつけ加えた。千野貞侃の入れ知恵だった。千野貞侃も、巷間《こうかん》に流布されている入定説を好まなかったし、韮崎の代官、瀬沢軍兵衛からの書状にも入定説と善之助の失踪のことが遺憾千万だとつけ加えてあった。

千野貞侃は、権三郎につき添って来た、名主太郎左衛門に、殿様が長生きせよと申された以上、入定などさせるでない。もし村内に入定の噂などする者があれば重く罰するといいわたした。

権三郎入定の噂は地下にくぐった。殿様の達しであるから、おおっぴらでは言えなかったが、かげでは明神様にまで願をかけて、いざ成功したら、入定もしないで知らん顔をしている破廉恥《はれんち》な男という批判はくすぶりつづけていた。権三郎の名がとんとん拍子に上っていくのに対する嫉妬《しっと》であった。

翌年の文化十四年、権三郎はひとりで京都に上った。甲斐駒ヶ岳開山のこまかい資料や絵図のほかに横手村名主清兵衛、百姓孫四郎、そのほか、権三郎、善之助の開山を見とどけた者の連判書と韮崎の代官所の書きつけ、諏訪藩の家老千野貞侃の書状まで添えてあった。

このときのことを諏訪史跡要項にはつぎのように書いてある。

文化十四年七月十六日京都に上り、御本坊院代所を経て、駒ヶ岳開山の事を言上に及び、是に於て即日補任錦地袈裟《けさ》御許を賜わる。

補任袈裟之事

妙親房

右彼袈裟所令　補任

仍状如件

文化十四年七月十六日

法印覚厳

法印秀弘

法印賢峯

次いで文政元年二月に至り補道神祇《しんぎ》管長白河殿より駒ヶ岳開山延命行者五行菩薩《ぼさつ》の尊号を賜わる、このとき、白河殿より神代系図三巻並天文学の秘書を賜わる。

諏訪に帰って来た権三郎は、

諸人を集めて法話を説き、時には草根薬種の事を教え、寒に至れば寒行を修行し、普《あまね》く人々の災難病者を救い――この大法徳を慕い来る者、遠くは甲武相の諸国より、近くは伊那、筑摩等より善男善女の信徒ひきもきらず……

とあるところを見ると、おそらく権三郎は、帰郷早々甲斐駒ヶ岳開山の先達として、講を作ったものと思われる。

　権三郎と善之助が開いた甲斐駒ヶ岳への道は、その年のうちから修験者が訪れるようになった。横手村は登山の基地となり、翌年には数百人の入山者があった。権三郎は、京都から帰るとその年のうちに一度登り、文政元年には、横手村にいて、一夏に五度も登山して、登山路に鎖を取りつけたり鉄梯子を掛けわたしたりした。駒ヶ岳の頂上の石の祠には馬頭明王がまつられた。甲斐駒ヶ岳登山路はかなり整備された。

　その年の秋、権三郎が諏訪に帰ってまもなく、横手村から飛脚があった。屏風岩の根元の岩穴で、善之助の死体が発見されたという知らせであった。発見したのは、横手村の仙造という男だった。駒ヶ岳登山路が開かれて、入山者が急増するのを当てこんで小屋を建てようと、その下準備に、季節はずれの山へ入っていったのである。屏風岩の付近を歩きまわっているとひどい腐臭がするので、探して見ると屏風岩の根元の洞窟に男の腐爛《ふらん》死体があった。旅の服装をしていた。銭は少々持っていた。若い男というだけで、人相も分らぬほどに腐爛していた。めくら縞《じま》の着物だけが手がかりだった。その男が、善之助だといったのは横手村の安春だった。安春が、その着物を着た善之助が孫四郎の家のまわりをうろついているのを見掛けて声をかけたというのである。おそらく、善之助は入定するつもりで、横手村まで来たが、ひと目、恋人おちせの顔を見たかったに違いない。善之助ではないかと安春がいうと、善之助は顔をかくして逃げ去ったというのである。それらしい者を見掛けたという者がほかにも二、三あった。おちせも、そう言えば夏のはじめのころ、なんだか、私の名を呼ぶ善之助さんらしい声を日暮れどきに聞いたような気がするといった。

権三郎が諏訪から善之助の親兄弟たちと駆けつけたときには、既に善之助の遺体は荼毘《だび》に付せられたあとだった。権三郎は、その遺体の発見された場所まで登ってみた。その洞窟は一昨年、善之助とふたりで、白骨死体と錫杖の頭を発見した場所であった。権三郎はその場所を見ると、それまで、善之助でなくてくれればいいがという願いが崩《くず》れた。その洞窟を知っているのは、善之助と権三郎のふたりだけであった。その隠された洞窟で若い男が死んだということは、若い男が善之助である可能性は充分にあった。権三郎は、死んだのは善之助かもしれないと思った。思うだけで善之助に間違いないという確信は持てなかった。あれほど入定を嫌《きら》って江戸へ逃げた善之助が入定するということに疑問を持った。

善之助が死んだという噂は、それまで、不評判だった善之助の名を清めた。

(やはり善之助は偉い、明神様に約束したことはちゃんとまもって入定した。あれこそほんとうの駒ヶ岳開山の大先達だ)

その声がおおっぴらに囁かれるようになると、権三郎の立場は必然的に悪くなっていった。

（善之助が入定したというのに、あの権三郎はなぜ入定しないのだろう。あれがほんとうの恥知らずというものだ）

権三郎は黙って噂に耐えた。誰がなんといおうと死ぬつもりはなかった。すでに彼はただの行者ではなかった。延命行者五行菩薩という名まで持っていた。近在近国からの行者の来訪も多かった。権三郎は空家一軒を借りて、そこを堂とした。たずねて来る修験者のなかには性のいいのもいたが悪いのもいた。横手村からやって来た安春は、延命行者の高弟安命行者と自称した。延命行者にともなわれて駒ヶ岳登頂第二番の誉れを得たのだと吹聴した。それは嘘ではなかったが、安春の豹変《ひょうへん》ぶりを権三郎は警戒した。安春が堂に住みつくとそのあとから、よからぬ素姓の行者がやって来た。山伏にしても行者にしても、その格好を真似ることは誰にもできた。僧のように念仏を唱える要もなかった。なにかわけのわからぬことをいっていると結構修験者として通った。偽修験者の弊害に対して幕府も無策ではなかったが、修験者の取りしまりは全国にまでは行きわたらず、怪しげな修験者の横行は善良なる村民の恐怖のもとでもあった。

延命行者の堂に居すわった不良修験者はなかなか出ていかなかった。権三郎がつよくいうと、同じ修験道を歩むおれたちを追い出すつもりかと、居なおった。村々で、権三郎の悪口をいい歩き、物を強要し、後家と見れば、見舞と称しておしかける。ただ食いをして、そのあとしまつを権三郎にさせる。

権三郎は名主太郎左衛門と相談して安春追放を決意した。権三郎は、安春が近村の後家おしまの家へ上りこんで動かぬと聞いて、駆けつけると、有無を言わさず、錫杖でしたたか打った。諏訪から出ていけ、二度と諏訪へ来たら生かしては返さぬと叱りつけた。村人が権三郎に応援して気勢をあげた。安春は諏訪は出たが、だまってはいなかった。彼は不良行者どもと語り合った末、京都の本山に、諏訪の延命行者が入定の覚悟を決めたから、存命中に院号と大先達の称号を贈られるようにと嘆願を出した。京都の本山では悪口中傷には馴れ切っていた。そういうものは、取り上げないことにしていた。安春たちはその裏をかいたのである。京都から権三郎の入定を予期して贈り号がくれば、権三郎は生きてはいられないだろうと思った。

入定は表面では禁止されていたが、入定が大衆に及ぼす影響は大きかった。富士講は身録の入定によって最盛期を迎えたのである。入定をした人には気の毒ではあるが、その道に生きる者にとって、それほど宣伝力のあるものはなかった。本山では、修験者願信坊を諏訪へやって実情を調査させた。そのころ権三郎入定の噂は諏訪ばかりでなく甲斐でもほとんど定説になっていた。願信坊は権三郎に会って入定のことを問い詰めた。権三郎はそれを否定した。

願信坊は京都に帰ると、

「延命行者は、入定説を単なる噂に過ぎないと否定していますが、ほんとうは、延命行者が生命がおしくなったのではないかと思います。駒ヶ岳開山に成功したら入定すると言いふらしたもののさていざとなると、入定できないのは人間として、当然でしょう、当山としては、ほっておくよりいたしかたがないでしょう」

願信坊の報告はきわめて常識的であった。

京都の本山から入定の真否をたしかめに願信坊を派遣してよこしたということは権三郎の気持を暗くした。入定するといった覚えはないし、入定するつもりもありませんと、願信坊の前で言い切ったものの、京都の本山までが、自分の入定を期待しているのではないかと思うといやな気持がした。

「京都から延命行者入定の勧告に来た」

という噂が流れた。京都から願信坊が、入定の真否を尋ねに来たことがはっきりしているだけに、その噂はいままでの噂とは違って伝わるのもはやかった。延命行者、入定決意と聞いて、彼の堂を訪れる者の数は日ごとに増えた。弟子にしてくれといって動かぬ者が一人や二人ではなかった。狂信者もあったが、打算的な考えで弟子になろうとする者の方が多かった。もし延命行者が、入定すれば、延命行者の名はいやが上にも高くなる。従ってその弟子の宗教的評価も高くなるというわけだった。

　権三郎はあきれた。入定するのかと聞かれて、いちいち否定するのが面倒だしいいわけしても相手が信じないから、黙っていると、やはりほんとうでしたかといって帰っていく者もいた。せめて存命中にといって、加持祈禱をして貰いに来る者もあったし、供物を持って来る者もいた。そういう狂信者にまじって、不良修験者もまた入りこんで来た。なにか、権三郎が入定しないではすまされないような雰囲気《ふんいき》がそこに盛りあがりつつあった。

（おれは上古田郷の百姓権三郎だ）

　といまさらいったところで、どうにもならなくなった。弟子らしい弟子も数人ついた。横手村から来た百姓辰吉はそのなかでも、もっとも熱心な延命行者の崇拝者だった。駒ヶ岳の頂上を、権三郎とともに踏んだということを運命的に考えているようだった。

　権三郎は乞われれば字も書いたし、話もした。その字は延命行者の真筆となり、話は法話となった。

権三郎が生命を大事にしなければならないと説くと、堂に集まっている者たちは、いっせいに、眼に手を当てた。権三郎は自分は死ぬ覚悟をしていながら、他人には生命を大事にしろと説いているのだと発展解釈した。

「入定などという噂があるが、私は入定などしない。私はまだ妻をめとっていない、妻も貰わず、子もつくらずに死んだとて、なんの得があろうぞ」

と話すと、弟子たちは師の延命行者は入定を自己宣伝の道具に使うのを嫌われているのだ、人はすべて煩悩《ぼんのう》がある、その煩悩をおし殺して、入定することがいかに困難なことかを婉曲《えんきょく》に説かれたのだと解釈した。

近在、諸国から多くの人が集まって、権三郎の法話を聞き、どうやら権三郎がほんとうに死ぬつもりらしいという噂がその人たちの口から村に流れだすと、村の者が本気になって心配しだした。

「ばかな、権三郎はただの百姓だ。駒ヶ岳へ登ったことは偉いには偉いが、それだけのことだ。なにも、死ぬことはあるまい」

それまでは、権三郎の入定の話を面白おかしくふれ廻っていた村人たちが、村の一員としての権三郎の死を本気になっておそれ出したのである。

名主の太郎左衛門が諏訪藩の家老千野貞侃のところにおそれながらと願い出た。

「こんどこそ、権三郎は入定しなければならないような風向きになってまいりました。なんとかお救いいただくわけには、まいりませぬか」

家老の千野貞侃はそれには答えず、

「近ごろ、上古田郷の近辺にはよからぬ修験者どもが集まり、悪事さえ働くものがあると聞いているが――」

安春一派の不良修験者の話が、家老の耳に入っていたのである。

「さような者どもはすべて村から追い出してございます。いまは、善良なる者ばかりがおよそ五十人ほど集まっておりまする」

「五十人……」

千野貞侃は大きな声でいった。

「五十人もの人間を一カ所に集め置いて、その届けをおこたるとはなにごとぞ」

幕府は百姓一揆《いっき》にこりて、集合を積極的に禁止しようとしていた。諏訪藩もやはり同じだった。集会は、よかれあしかれ、集団の力が発生するところであった。黙って放ってはおけなかった。

名主太郎左衛門は二の句が出なかった。彼の手落ちであった。太郎左衛門はそこをさがると、村へ帰って、権三郎の父今右衛門を呼んでいった。

「権三郎を逃がしてやれ、江戸へ旅に出してやれ、そうしないと、なんでもかでも死なねばならなくなるぞ」

名主太郎左衛門は、家老千野貞侃がもはや権三郎の味方ではなくなったことを告げた。今右衛門は権三郎に名主の意向を伝えた。名主太郎左衛門の紹介状を持って神田佐久間町の表具師甲兵衛をたずねるようにすすめた。

「ほとぼりがおさまったころ村へ帰るがいい」

今右衛門が涙をふいた。

権三郎が旅支度を始めたのを、弟子たちはいちはやく感づいた。

(延命行者はいよいよ入定の地へ旅立たれる)

弟子たちは交替で権三郎を見張った。富士七合目で入定した身録の周囲に、死ぬまで弟子がついていた故事にならうためだった。

権三郎は三度村を出ようとして、三度とも弟子に発見されて堂にかえった。弟子たちを叱っても、弟子たちは動かなかった。狂信者たちは権三郎の死ぬことだけを待っていた。

文政二年正月十四日、その夜は雪が降っていた。権三郎は、深夜厠《かわや》から庭へおりて、雪の道を東へ東へと歩き出した。上湯沢を通過すると、そこからはもう部落はなかった。彼の歩いている道は八ヶ岳への道だったが、八ケ岳へ登るのではなく、甲斐駒ヶ岳の全貌《ぜんぼう》が見えるところまで行こうとしたのである。

彼はすずかけの衣を着、はばきを穿《は》き、素足に厠の草履をはいていた。兜巾《ときん》はなかったが胸に数珠はかけていた。錫杖がわりに、拾った棒を持っていた。

彼は雪だるまになって歩いた。やがて朝が来ると雪は止んで秀麗な駒ヶ岳が姿を現わすだろうと思った。彼はその駒ヶ岳と対面したかった。話してみたかった。おそらく駒ヶ岳が彼に彼の行くべき道を教えてくれるだろうと思った。

雪が小降りになると風が出た。そして厳寒が彼をしめつけた。彼は寒行できたえた身体に自信があった。このくらいの寒さで、へこたれるものではないと思っていた。彼は歩いた。歩いていないと寒くてしようがなかった。いつしか草履は雪に取られてはだしで歩いていた。彼はときおり立止って、腰の手拭で、感覚のうすれていく足をたたいた。腰の手拭は雪でぬれていた。ひとたび失った足の感覚はたたいてももとに戻らなかった。それでも彼は歩いた。何度か雪の中でころんだ。足がもつれた。腰から下が思うように動かなくなった。死ぬかもしれないと思ったが、彼はすぐ、その考えをはねかえした。生きるために、おれは苦労しているのだと思った。朝まで苦行をつづければ、朝とともに、彼の進むべき道を駒ヶ岳が示してくれるだろうと思った。ふと彼は信玄の棒道を江戸に向って歩いていく自分の姿を思った。彼は雪の中でひと休みした。はだしで雪の中を歩いたのは今夜ばかりではない。生きる自信があった。疲労が一度に出た。睡魔が彼を襲った。ほんのひととき、眠れば、体力はもとどおりに回復するのだと、彼は自分にいい聞かせた。彼は雪の中であぐらをかいて眼を閉じた。

雪の中で坐ったまま、死んでいる延命行者が発見されたのは翌日の昼ごろだった。弟子たちは権三郎のまわりを取りかこんで号泣した。

善之助は死んではいなかった。善之助らしい男が横手村の孫四郎の家のまわりをうろうろしていたというのは安春の嘘だった。安春にしてみると、善之助も権三郎もこの世から消えて貰った方がよかった。ふたりが消えると、駒ヶ岳登頂第二番の彼の名が世に出るのだというあさはかな考えから嘘をつき、嘘が嘘を生んだのである。洞窟で死んだ若い男は、甲州、大月の男で、駒ヶ岳に単独登山を試みたが季節はずれの氷雨《ひさめ》にあって、道を失い洞窟に逃げこんだまま疲労凍死したのである。親に内緒で家を出て来たから、ついに最後まで身元が分らなかったのである。

善之助は江戸へ行く途中、越中の薬屋と知り合って、江戸へ行ったが、そこには止まらず越中へ行って薬の行商人となった。彼は関西方面の薬の行商に出歩いた。足がものをいって、五、六年やると、女房を持てるようになった。女はどこかおちせに似ていた。善之助は女房を越中に置いて、年に八ヵ月は出歩いていた。唯一の希望はいつか独立して、店を一軒持ち、人を使う身分になることだった。彼は精出して金を貯めた。その金を持って、彼の女房は男と逃げた。空閨《くうけい》に堪えられなかったのである。そのとき善之助は二十八であった。第二の妻は、病身だった。結婚して三年目に、彼が行商から帰ってみると、白い位《い》牌《はい》になっていた。善之助はしばらく妻を貰わなかった。三十五を過ぎてから、連れ子をした女と一緒になった。気立てのいい女だった。貞淑で彼の不在中も浮気をするようなことがなかった。善之助はその女と十年も暮した。いよいよ店が持てそうになったころ、その女房と子供は強盗に殺された。貯めこんでいた小金が狙《ねら》われたのである。女は、金の在所を言わなかったから、親子ともども殺されたのである。

善之助は薬行商人がいやになった。人世もいやになった。そうなると、それまで、彼の中にあった郷愁が一度に燃え出した。故郷を離れたのは二十歳である。それから二十五年もたったのだから、村へ帰ったところでまさか、二十五年も前の入定騒ぎもないだろうと思った。

彼は越中を立って諏訪へ向った。

上の諏訪まで来たが、そこで滞在して、それとなく上古田郷のことを宿の女中に聞いた。

「上古田というところに、駒ヶ岳開山をした人がいるだろう」

「延命行者のことですね」

　女は真志野郷の生れだったから、上古田のことをよく知っていた。

「上古田の権三郎という人と下古田の善吉という人が、駒ヶ岳の開山ができたら入定しますからと明神様に願をかけたのです」

　女は話し出した。善之助が善吉に変っているのは二十五年たったせいだと思いながら善之助は聞いていた。

「ところがいざ駒ヶ岳に登ったとなったら善吉という男は、入定するのがいやになって江戸へ逃げました。しかし、二年たって、江戸から帰って来て駒ヶ岳で立派に入定したのです」

　さらに善之助の驚くことは続いた。

「権三郎さんは、京都から延命行者という名を貰って堂を建てて弟子たちを教えていましたが、善吉さんが入定したと聞いて、その年の冬雪の中で入定しました」

「死んだのか」

「はい、死んでから、大先達となりました。大きな堂も建ちましたし、駒ヶ岳講もできました。今では駒ヶ岳には一夏二千人も人が登るということです」

　善之助は女に礼を言って、小銭を少々はずんで、上古田郷の知人に手紙を出したいが、そっちへいく者があったら教えてくれといった。

翌日女は山寺郷の出身の馬子をやっている男をつれて来た。善之助は、父善右衛門と兄善兵衛にあてて手紙を書いた。

善右衛門は既に死んでいて、兄善兵衛が上の諏訪へやって来た。ふたりは涙をこぼして再会を喜んだが、善之助が村へ帰りたいという段になると、兄善兵衛は、

「いまさら村へ帰って来て、恥の上塗りをするのか。お前は一度は入定がいやで逃げたが、ちゃんと入定したから、駒ヶ岳開山威力不動尊弘播行者という名を京都の本山から贈られている、それなのに――」

兄善兵衛はあとが言えなかった。善兵衛にも世間体があった。一度は逃げたが、入定して威力不動尊となった弟が実は生きておりましたとは、他人には言えなかった。善之助が無理して村へ帰ったところで村八分にされるのがおちであろうと考えた。

「よく分った」

善之助はその時死を覚悟していた。彼は、兄の善兵衛に、おれらしい男が死んだということを聞いたら、とむらってくれといって、五両の金を出した。

善之助が修験者の姿になって横手村へ行ったのは天保十年の六月だった。彼は坊に泊らずに、そのまま登山の列に加わった。二十五年たっているから、彼の姿を見て善之助だと

気がつく者はいなかった。甲斐駒ヶ岳は大衆の山となっていた。修験者ばかりでなく、善之助の若いころのような山支度をした青年たちが列をなして登っていた。登山路は整備されていた。鎖も鉄の梯子もしっかりとりつけられているし、頂上までに小屋は三軒もあった。頂上に石の祠があった。駒ヶ岳開山延命五行菩薩と駒ヶ岳開山弘播威力不動尊と並んできざみこまれた銅盤がおさめられていた。

善之助は自分の象徴に何度も礼拝した。駒ヶ岳から見た景観は二十五年前といささかも変らなかった。八ヶ岳もよく見えた。横岳の奇峰のひとつひとつが数えられた。

善之助は、あの夏のあの日に、八ヶ岳横岳で修験者に会いさえしなかったならば、自分も権三郎も別の道を歩いたに違いないと思った。そのときの老いた修験者をいまさら恨む気持はなかったけれど、彼等の運命を狂わせた横岳が少しも変らずに、雲海の上に坐っているのが不思議のことのように思われてならなかった。

その夜彼は七合目の小屋に泊って、翌日下山していって、屏風岩の根元から洞窟の方へやぶを分けていった。駒ヶ岳開山弘播威力不動尊入定の地と書いた立札があった。洞窟の入口に小銭が投げてあった。

中を覗《のぞ》くと、水の垂れる音がした。善之助は、その穴の入口で夜まで待った。日が沈んで、まもなく見えなくなるころになって、彼は洞窟の中へ入り、かけた茶碗を拾って、垂れ落ちる水を汲んで、懐中から出した南蛮《なんばん》渡来の白い薬を飲んだ。けっして覚めることのない高価な眠り薬だった。薬はにがくもからくもなかった。僅《わず》かな異臭も気にならなかった。

「ああばかを見た」

善之助はそういって欠伸《あくび》をひとつすると首を垂れた。

翌日になって、善之助の死体が発見された。懐中から、真駒ヶ岳開山弘播威力不動尊と書いた紙がでて来た。真という字の意味を解読する者はひとりもいなかった。

算士秘伝

日本の数学（和算術）は徳川中期において異常な進歩を示したが、それは算法術を業とする数学家たちの間だけのことであった。一部算士による研究は、ほぼ年代を同じくするニュートン、ライプニッツの微分、積分学に匹敵するところまで行ってはいたが、彼等は自ら門戸を閉ざすことによって、家流の防衛に汲々《きゅうきゅう》としていた。

――人の為になるべき算法を、秘密などとて、免許印可の巻に載《の》せ、一子相伝、深秘する国風は、浅はかなる次第ならずや

（寛政十年、西域物語）――

一

下谷御箪笥《おたんす》町に乾坤堂《けんこんどう》谷真平延好と名乗って算法指南をする者があった。年齢は六十を越していて、物腰態度はやわらかだったが、どこかに冒すべからざる風格を持っていた。

谷真平には娘が一人居た。あやと言って十七歳、鼻筋のとおった美人、頭脳が明晰《めいせき》で、珠算術では父の真平の代稽古《だいげいこ》をつとめることの出来る腕前だった。

享保五年（一七二〇年）将軍吉宗が規矩《きく》術（測量術）の禁を解いてから、数学に対する大衆の関心は年とともに高まる一方だったが、それも珠算を基とする加減乗除の法が流布されていくだけで、それ以上の数学らしい数学は各数学流派の門の奥で、遅々とした歩みをつづけていた。

乾坤堂の谷真平は主として珠算術を教えていた。教え方がうまいことと、代稽古に立つ美しい娘のことが評判で、道場は弟子達でいつも一杯だった。

乾坤堂の看板に蜻蛉《とんぼ》が一列になって止っていた。その下で、一見浪人と見える武士が腕を組んで、道場の中を覗《のぞ》き込んでいた。たもとはほころびているし、草履はすり切れ、さかやきは伸びていた。げっそり頬の肉は落ちて、眼ばかり光っていた。大きな耳をした男だった。

道場の中では恒例の十露盤《そろばん》術手合せ会が始まっていた。谷真平はずっと前から、道場を覗き込んでいるその武士に気がついていた。机に向って、十露盤をはじいている門人達の手の動きに配る眼付は、その武士が、この道にかけて、唯者ではないことは分るが、なんのために長いことそこに突立っているのか真平には分らなかった。

門人達の手合せがすんだ。

真平は娘のあやになにか囁《ささや》いた。

「お武家様、どうぞお上りになって下さいませ。これから珠算術の他流試合がありますから……」

あやは武士の前に手をつかえて言った。上って他流試合に加わったらどうかという誘いの言葉であった。

「おう……」

武士は物憂い返事をしてあやを見た。藤色の小袖がよく似合っていた。澄んだ眼と、ちんまりと整った可愛い鼻、きりっと引きしまった口元から、ものを言うたびに、白い糸切歯が光っていた。

武士は眼を上げて奥を見た。谷真平の眼が彼を待っていた。

（どうぞ御遠慮なく、あなたが算法の心得のある方だということはよく分っています）

主人の眼がそういっていた。

武士は谷真平の前に出て、備中、松山藩の浪人、久留島義政と名乗った。

真平は大きく頷《うなず》いて、彼のために席を与えた。あやが十露盤を持って来て、その前に置いた。飛入りの立会者を静かに迎え入れる態度であった。

他流試合に参加するものは十名ほどいた。江戸市中のあちこちに開かれている算法の指南道場から招待されて来た者や、久留島のように飛入りの者も二、三名いたが、武士は久留島の他には一人も居なかった。

試合は寄せ算から始まった。あやが美しい声で読み上げる銀高を、はじく珠の音がひとしきり続いた。あやが、也《なり》と言う言葉に抑揚をつけて読み上げたのを最後に、算士は手を十露盤からはなして、両膝の上に置いた。

谷の門人が各人の答えを記帳しながら廻っていった。

久留島は十露盤を脇へ置いたまま、腕を組んで、眼をつむっていた。門人はこの浪人者が試合に加わったものの、とうていあやの読み上げる速度には応じ切れないから棄権したのだと見て、黙って通り過ぎようとした。

「これこれ、久留島様に答えをおきき申すのだ」

真平から声がかかった。門人はそろばんを持たない久留島にどうして答えを聞くのかというような顔をした。

「三拾三万七千五百八十三貫五百拾三匁《もんめ》」

久留島は相変らずの姿勢で銀高を答えた。

門人が彼の前に坐り直して、久留島の言う答えを帳面に書き取った。これが正しい答えで、正解者が三人あった。寄せ算、引き算の手合せを、暗算でやってのけた久留島も、掛け算、割り算になると十露盤を手にした。久留島に適《かな》う者はいなかった。

「お見事でございますな、失礼ですが、どこで算法を学ばれましたか」

奥の部屋に久留島義政を招じて、谷真平はていねいに聞いた。

「学んだという程のものではない」

久留島はぶっきら棒な答え方をした。

「それにしては……」

谷真平は、このみすぼらしい浪人者にひどく興味を持った。四十を過ぎたかどうかという年輩だった。剣で立っていける武士ではなさそうだった。人に好かれそうもない。単に賞品目当てに飛込んだ算法道場荒しとも見えない。

聞かれたことだけを、ぽつんぽつんと答えて後は黙っていた。あやが柿を盆に盛って来た。

「いかがですか、あまりおいしい柿ではありませんが」

真平がすすめた。

「食べない」

「お嫌《きら》いですか」

「いや好きだ」

「では、腹でもいためておられますか」

「そうではない、柿は食べないことにしているのだ」

久留島は横を向いて答えた。

数学についての話の中にも、谷真平が期待したようなものはなにも得られなかった。珠算は達人の域に達しているのに、算法についてはいずれの流派にも属していないことが妙であった。

谷真平は算法書を持って来て、算法書を中心に共通の話題を探そうとした。大全塵劫記《だいぜんじんこうき》、算法疑抄《さんぽうぎしょう》、算法極形指南《さんぽうきょくけいしなん》、算法求積通考《さんぽうきゅうせきつうこう》、などがあった。

「いずれもお読みのことと存じますが……」

この中で、どの本に興味を持ったかと聞いたが、久留島は、読んだとも、読まないとも答えず、一番手近の大全塵劫記を手に取って、一両日貸して下さらぬかと言った。

翌朝早々、あやが門の前を掃いているところへ久留島がやって来た。

「これを谷殿に返してください」

「もうお読みになったのですか」

「読んだ。読んだがつまらない本だ」

「どうしてその本がつまらない本ですか」

「これは分り切ったことしか書いてない、これから得られるものは一つもない」

彼はそういい置いてさっさと出て行った。本を持って、しばらく立っていたあやは、急に何かを思いついたように、家に走り込んだ。谷真平が、あやと共に久留島の後を追った。

二

久留島義政は過去について語らなかった。将来についても別に抱負を持っているとも見えなかった。彼は谷真平がすすめるままに乾坤堂に客分として留まって、門人達に代稽古をつけてやる時以外は、谷の持っている数学書に読みふけっていた。

久留島が乾坤堂に起居するようになってから一年たった。乾坤堂は従来のそろばん指南所ではなくなっていた。天元《てんげん》術（支那から伝わった器具代数学、算木を用いて問題を解く方法）、点竄法《てんざんほう》（日本人が考え出した縦書き代数学、未知数を甲、乙等と置いて運算する方法）、鈎股弦《こうこげん》術（鈎《つりかぎ》は高さ、股《ひろがり》は底辺、弦《つる》は斜辺とする三角術）等の高級な算法が教科目に加えられた。門人の数が増すと共に、質が変った。浪人者や、旗本の次三男が見えるようになった。いずれも手習い算法の塾を開く目的を持った者ばかりであった。

乾坤堂の久留島義政の名前が上ったのは、彼の教え方が従来の算法指南道場の形式と違っていることにあった。彼は教えると言うよりも、問題を与えて考えさせるという方法を取っていた。愈々《いよいよ》相手が分らなくなると教えてやった。入門したい者は勝手に入門を許し、出て行きたいものは出した。殊更免状のようなものは与えなかった。

谷真平は、久留島と娘のあやに指南所の方をまかせて、口出しをしないようになった。老齢であったし、持病の神経痛のために長く座にいることが出来なかった。

無愛想な久留島を中心として、この道場が栄えた理由は、あやの存在であった。あやは一人娘のわがままさに加えて、勝れた才智を持っていたから、指南所に集まってくる門弟たちを、なんとなく軽く扱うくせがあったが、特にそれが欠点として眼立たないのは、彼女の算法の実力が図抜けていることと、持って生れた美しさの為であった。あやは常にこの道場の花であった。

久留島は好きだが食べない物を柿のほかにいくつか持っていた。鯛《たい》も食べなかった。酒も飲まなかった。菓子は殆《ほとん》ど口にしなかった。あやは久留島に世話をやいた。好きなものなら食べたらいいでしょうと、わざわざ食膳《しょくぜん》につけることがあった。そういう時に、彼の顔を暗いかげが横切った。

「久留島様、あなたはへんな人」

或る夜、あやは久留島に求積法を教わりに来た時にそう言った。

「どこがへんだ……」

「なんでもかんでもへんだらけです。第一笑わない、好きな物を食べない、それになんて大きな耳でしょう」

「あや殿もこの耳が気になるか」

久留島は貧窮の末に死んだ妻と娘のことを思い出した。浪人しない前、彼女達は彼のその大きな耳のことを話題にしてよく笑った。笑っていられるだけの暮し方をしていた。主家の断絶後、仕官の口を求めて浪々の身になってからは、その耳はしばしば彼の邪魔をした。顔に対して、占める耳の大きさが過大だから、戯画《ざれえ》の様だと人に笑われた。栄養不足のために、顔が痩《や》せ細っても、耳は相変らず前を向いて開いていた。滑稽《こっけい》な顔だと言って彼の面前でげらげら笑う者があっても、彼は刀が抜けなかった。

「久留島様、その耳をちょっと引張ってもかまいませんか」

妙なことを言う娘だというふうな眼で久留島はあやを見た。あやが笑いながら手を伸ばして久留島の耳を引張った。なかなか離さなかった。

「もうよいではないか」

久留島は首を振った。

「久留島様、今わたしが耳を引張っている間、あなたはなにを考えていましたの、言えないでしょう、当てて見ましょうか、亡くなられた奥様のことでしょう、いやなひと、ほんとにあなたはいやなひと」

あやは彼の前にあった規（文廻し、今のコンパス）にそえてある筆を抜き取ると、ぴしりと二つに折って席を立った。

あやの父、谷真平の出身を数学学派の上から見れば、京都派の分派、宮城流の出であった。彼はその才が秀でていたために、嫉妬《しっと》されて江戸へ出た。一流を興すつもりだったが、江戸では関孝和の開いた関流が幕府の御用数学として羽振りをきかせ、関流の分派建部派がこれと対立していた。別流の入る余地はなかった。関流門下にあらざれば算法者にあらずといった風潮が江戸を風靡《ふうび》していた。

谷真平が死んだのは、久留島が彼の道場に来てから満三カ年を過ぎた冬であった。

父の真平が死ぬと、間もなくあやは看板を書きかえた。天下一算法指南所乾坤堂久留島義政広行と筆太に書いた縦看板は人の注目を引いた。そういう看板をかかげても、久留島は別に文句も言わなかった。

「天下一と僭称《せんしょう》する所以《ゆえん》は……」

と、文句を言いに来る者があると、あやがでて、

「天下一だから天下一と申したまでのこと、ほかに天下一があったらいつでも御手合せをお願い申します」

と応じた。たいがいの数学の問題だったら久留島が出るに及ばなかった。あやが応対す

るだけで間に合った。

天下一の看板がものを言ったのか、半年もすると久留島の名は江戸市中にひびき渡った。久留島が新しい算法をおし気もなく教えると言うことが評判になった。関流門下が秘していた円理（円に関しての数理）についても、久留島によって、どしどし理論が明らかにされたし、天元法であろうが、点竄法であろうが、相手に学ぶ能力のある者ならいくらでも教えてやった。関流のように、見題免許、隠題免許、伏題免許、別伝免許など一々もったいをつけてはいなかった。

数学の才のあるものは、ここへ来ると短時日で長足の進歩を示した。江戸諸藩士が久留島のところへ教えを乞《こ》うようになると、久留島の名は関流三代目松永良弼《よしすけ》と並び称されるようになった。

関流門下に西島要之助という男がいた。五十年輩、数学者としてよりも、三代目松永良弼とその門下の間に介在する番頭的存在の男であった。この男に睨《にら》まれると、学力があっても免許が貰えないので若い門弟におそれられていた。

西島要之助は夏目文二郎と山路主馬《しゅめ》の両名を呼びつけて、久留島義政の門へ入るように命じた。両人共すでに隠題免許を取っていて、四代目は夏目か山路かと言われる程の関門下中の秀才であった。

「たかが市井《しせい》の算士、久留島義政ごとき者のところへ……」

夏目は色をなした。

「その言葉の通りだったら、すぐ帰って来るがよい。そうでなかったら、入門して、久留島の数理をことごとく知り取って当方へ報告しなさい」

西島要之助の命令は三代目松永良弼以上に威力を持っていた。

「分ったか」

二人は黙って頭を下げるより仕方がなかった。

「……一言言っておくが、久留島の門にはあやという美人がいる。迷っては相成らぬぞ」

西島は響くような声を出して笑った。


「関流の直弟子でありながら、この乾坤堂へ教えを乞いに参られたのですか」

あやは二人の青年を前に置いて冷やかに言った。

「そうです、宜《よろ》しく御教示願いたい」

「まあまあ、それは大儀至極のこと、久留島様のお教えをうける前に、この指南所の作法どおり、わたしがまず御相手をいたしましょう」

「あなたが？　冗談ではない、女に用はない」

夏目が言った。

「ではお帰り下さい、関流にならわしがあるように、此処《ここ》にはここの流儀がございます」

久留島は経机に肘《ひじ》をついて、その問答を、またかと言った顔付で眺《なが》めていた。彼の背後の襖《ふすま》に、図形や、算法の式がべたべた貼《は》ってあった。一つの数理が解けると、その解法を襖に貼るのが、久留島の趣味であった。

「……それでは作法に従って、それがしから教えていただきたい」

山路が膝を乗り出した。

口頭試問である。

「では遺題（宿題）を一つ出しますから、此処で解けなかったら、翌日解いて来て下さいませ、いいですか」

あやは両人を見較べてから、

「大径一寸の円に外接する三角形の面積が、最小となるのは如何《いか》なる場合であって、その最小値はいくらになるでしょうか」

両人は答えなかった。まだ円理の免許は受けていなかったし、こんな問題を考えようとしたこともなかった。出されたところで、せいぜい、開平《かいへい》、開立《かいりゅう》、ぐらいと考えていた。まるで見当もつかなかった。

「刀をお忘れにならないように」

帰りかけた二人にあやが言った。夏目は青筋を立ててあやをにらみつけた。あやが女でなかったら斬《き》ってしまっただろうと思った。胡蝶《こちょう》をあしらった派手な振袖を着ているあやは坐ったままで、二人の青年を見送っていた。

夏目文二郎と、山路主馬の頭の中に円と三角形ともう一つあやの顔があった。振袖から胡蝶が飛び出して二人の顔にたわむれた。

「……そうか、噂にたがわず、久留島はただ者ではないな……」

西島要之助は、その話を聞くと、あやをほめずに久留島をほめた。

関門下の秀才が、久留島の道場で、あやに軽くあしらわれたということは、算法をやろうとしている者の耳から耳へ伝えられていくうちに、夏目文二郎が、あやとの問答に負けて、腹を切ろうとしたなどと曲げて伝えられていった。久留島の名声は抜くべからざるものとなった。

三

夏目文二郎と山路主馬は、久留島と関流西島要之助との間に懸けた橋を渡って、久留島の新しい数理を関流にどしどし運び込んでいた。

久留島は、一つの問題を解いて、その経過を襖に貼った後は、誰がどうしようが、知ったことではないという顔をしていた。次から次と限りなく拡《ひろ》がっていく数理の深淵の中に踏み込んでいく過程を楽しんでいるようだった。勿論《もちろん》、久留島の頭の中には数字が体系づけられていたが、それは彼自身の頭の中のもので、成果をまとめて、新しい数学の本を作ろうなどと言う野心はなかった。

関孝和、吉田光由を始めとする幾人かの数学者は確かに偉大な仕事をしていた。しかし彼等は方法と結果のみを重大視し、数学で最も重要である定義、証明に重きをおかなかった。いわば直感と帰納との上に発達した数学とも言えた。

久留島義政の数学は彼一人の中に発達した数学であり、従来の数学とは別のいき方をした。彼の数学は過程を楽しむ数学、つまり証明に最も重きを置く数学であった。たとえば、彼以前の数学者は円周法《えんしゅうのり》（円周率）三、一四を求めたが、その求めた過程については秘密にした。久留島は三、一四という数字より、それを導き出すまでの道程に熱を上げた。こういう点では彼の数学はずっと近代的数学の様相を持っていた。

山路主馬は一言にして言えば、整理家であった。彼は自ら久留島の研究の整理役を引受けていた。久留島がやったことは細大もらさず記録した。夏目文二郎は新しがり屋だった。彼は久留島の新しい数理を懸命に追った。あやは久留島の整理役を山路が引受けてからは夏目の向うを張って、難問題に取り組んで夜を更かしていた。彼女は夏目と山路が自分の実力に近づいただけ前に伸びようと努力していた。あやは久留島の次には常に自分がひかえて居たかった。そのせいか、彼女は二人に冷たかった。特に夏目に対しては敵意さえ持っているようだった。二人の青年が、あやにいくら近づこうとしても、彼女の方で許さなかった。夏目と山路があやを妻にねらっているという噂は、ちょっと出たが、すぐ消えた。

（まずまずあれほどの女を妻にするものは久留島以外には居ないだろう）

そんなことがふと耳に入ると、久留島はひどく迷惑そうな顔をした。久留島は夏目の方を山路より高く買っていた。眼のかけ方も違っていた。彼は夏目とあやを前に置いて、彼が発見した円理極数術や、平方零約術（現在の連分数展開）などを教えた。彼の数学はあらゆる数学派の上を行っていた。

あやと夏目はこの席上で激しく論争することがあった。論争が始まると、久留島はどちらにも加勢せず黙って聞いていた。たまにあやの方が負けることがあっても、あやは自分の論が正しいのだと言い張った。激したあまり泣き出すことがあった。

夏目文二郎も山路主馬も、久留島の数学の才分に驚いてはいたが、彼等の頭の中には、幕府の御用数学関流の一門だという妙なうぬぼれが潜在していて、先生と久留島を呼んでいながらも、本気で尊敬してはいなかった。

彼等は久留島から知り得たことを西島要之助に報告することを競い合っていた。

夏目は久留島のやりかけている新しい数理、これからやろうとする数理をいち早く西島に報告しようとし、山路は久留島が既に完成した数学を、山路自身の考えによって体系づけて報告することに努力していた。

彼等は自分たちのしていることが、すべて関流のためにすることだと考えていた。やがては関流四代目の印可を得るか、うまいところに仕官するか、一派を許されるか、そういうことが彼等の目的であって、数学を学ぶということはむしろ出世をするための方便であった。

久留島の門人の中で、夏目と山路の他に、中屋和助と近江屋久七という二人の町人があった。ずばぬけてよくできた。

桜が散ってそろそろ梅雨の季節の頃だった。和助が、

「先生、芝の愛宕《あたご》神社に転距軌跡の算額がかかげられましたが、これが難問で未だ解法できる人は居らないようです」

と話した。当時、算額は日本全国いたるところの神社仏閣の算額絵馬としてかかげられていたが、ほとんどは自分の解いた問題を誇示するためであった。時によると難問題を出したまま解答をつけず、天下の算士に挑戦《ちょうせん》したものがあった。

転距軌跡の問題と聞いて久留島は心が動いた。彼は和助と久七を供に従えて愛宕神社に参拝した。立派な額であった。出額者は信濃《しなの》国住人小林政信と書いてあった。算額に向った久留島はしばらく眼を離さなかった。首をふった。和助が用意して来た紙と矢立てを久留島の前に出したが、手に取らなかった。

「これはなかなかの問題だな、おそらくその方等が考えた問題ではあるまい」

久留島が算額から眼を離して二人に向って言った。

「わたしたちが……とんでもないことでございます、先生」

中屋和助の顔に狼狽《ろうばい》の色があった。

「かくしても分る。信濃の住人と書いてあるのは偽名だ。この遺題を出すのは、おそらくなにかの意図があってのことだろう。誰が出題したのかな」

「存じません、全くわたしたちの知ったことではございません」

近江屋久七が青い顔をして言った。

「関流一門が出したとは思えない、この問題を出し得る算法家は、今の日本では、まず京都吉田派正統を継ぐ、島田尚政以外にはあるまい。これは拙者に対する挑戦か、それとも、教えを乞おうとするか、いずれかの意図を持ったものだ、どうかな……」

二人は頭を垂れた。無言のうちに久留島のいうことを承認しているかたちだった。

「お前達が唯の町人でないことも、江戸の者でないことも分っていた。拙者はそうばかではない。ただどの門派の者であろうと、拙者にはどうでもよいから黙っていたまでのことだ。面倒なことをやるではないか」

久留島は算額をちらっと見上げてから、見捨てるように歩き出した。和助が前に廻って土の上に手をつかえた。前夜の雨で、水溜りが出来ていて和助のひざをぬらした。久七が和助と並んだ。

「おそれ入りました久留島先生、実はそれがし等は……」

和助が言い出そうとするのを久留島が押えて、

「言うな、なんにも言うな、無駄なことだ、それよりも、挑戦であるか、解法を知りたいのか知らせてくれればいいのだ」

「挑戦などということではございません。先生こそ、算法の日本一。教えを乞うているのでございます……久留島先生、わたし達と京都へ上って下さいませぬか、京都で先生を中心として、新しい日本の算法をうち建てたいと思います、京都ではこぞって先生をお迎え申すでしょう、お願いいたします、日本の算法は腐りかけています。これを興すには先生以外に人はございません……」

和助と久七は叫ぶようにうったえた。

「水溜りを見ろ、お前達の姿が奇妙なかたちに映っているぞ……」

久留島は二人をおいて石段を下りかけた。

「どうしても京都へ行っては下さいませぬか、あや殿と御一緒でもいけませぬか」

久留島は振返って、二人に斬るような眼を向けた。

「京都は嫌いだ。京都で妻も娘も死んだのだ」

餓死した妻の姿が浮び上った。食べたいというたった一個の柿でさえも与えることができないで、母のあとを追った娘のすき通るような青白い顔が見えた。

久留島は一晩かかってその問題を解いた。今でいうサイクロイドの問題で、当時としては大変な問題だった。久留島はこの解法に当って、彼の独学で修めた円理の法則から極限の法則までも使用した。計算した紙数が十枚にもなった。

彼はいつもの通りにこの回答を襖に貼って、あやと、その朝にかぎって早々とやって来た和助と久七に説明してやった。

「どうだ、これでよいか」

久留島は二人の顔をうかがった。

「恐れ入りました。なにも申すことはございません、が、もしお許し頂けるなら、その襖に貼った先生の筆の跡を記念に頂きたいと思います。この襖は貼り紙で一杯ですから、ついでにわたし達にはりかえをさせて頂けませんでしょうか」

「そんなに欲しいのか」

欲しいよりも、他の門弟に見せたくないのだなと思った。

職人が入って来て襖をはりかえた。和助と久七は襖からはがした数理を書いた貼紙を丁寧にたたんで、いずれお二人をお迎えに上る機会になりましたならばというような意味の別れのことばを言った。

「お前達も愚かな算法士の道を歩むのに例外ではあり得ないのだな、よんどころない。気をつけていけよ」

久留島は二人に言った。

夏目文二郎と山路主馬が、算額のことをあやから聞いて、西島要之助に報告したのはその日の夜だった。

「転距の軌跡の解法を知っているのはその両名の町人とあやだけか……」

西島が訊《たず》ねた。山路が、襖に張った紙を和助と久七が持っている筈《はず》だと答えた。

「……ばかめ、何故それを早く言わないのか」

西島要之助は夜にもかかわらず、駕籠《かご》を愛宕神社に走らせて、算額を調べた。

「これは……」

西島は声をのんだ。この問題を解く者は関流秘伝の円理は勿論、それ以上の学力を持つ者でなければならない。問題を提出した算法者も関流に取って油断のならない敵だった。この解法が知れたら関流の城郭はぐらつく。

「こうしてはいられない」

西島は石段を飛びおりて行った。

翌朝、品川宿のはずれで人殺しがあった。三人の浪人風の男が二人の町人を襲った。一人は殺されて、一人は逃げた。斬られた男の懐中を探しているところへ人が通りかかって、加害者は逃げた。殺された男の胴巻から、血に染まった和算の図や数式が出て身元が知れた。中屋和助であった。

立派な駕籠が乾坤堂の前へ止っていた。

奥の座敷には、久留島とあやを前に置いて、でっぷり肥った西島要之助が坐っていた。

「どうですか、御同意下さいますか」

西島が久留島の決心を催促した。

「和助と久七が京都派の者だということが、どうして分ったのですか」

あやが聞いた。

「円理の秘伝を盗って逐電したからには京都派に間違いあるまい」

「盗った？」

いやなことを聞くというふうに久留島は顔をしかめた。彼には秘密は何もなかった。誰がそれを知ろうと勝手だと言いたかった。

「そうです。明らかに盗ったのです。おそらく京都派のいずれかの算法家が、あなたの算法を探らせるためにあの二人を変装させて寄こしたのです。問題を出したのも敵方の謀略です。あれが盗られたとなると、わが関流に取っては大変なことなのです」

「関流に取っては大変なことかも知れませんが、拙者とあや殿にはなんの関係もないことです」

久留島が言った。

「まだお分りになりませぬか。貴殿とあや殿は既に関流の一門です。関流の一門として保護されているのです。だから今度のようなことが起った以上、拙者のいうことを聞いて貰わねばなりますまい。嫌なら嫌でもよろしいが、そうなれば御両人の生命は保証しかねることになりますが、いいですか」

おさえるような言い方だった。

「全く迷惑なことですわ、一体あの二人を殺したのは誰なのですか、わたしと久留島様の生命を狙《ねら》うって、誰が狙うのです」

あやが聞いた。

「それは分らないが、拙者の言うことを聞かないかぎり、生命が危うくなることは、はっきりしています。早い程よい。駕籠は外に待っています」

西島要之助は立上ってから更に付け加えた。

「此処よりずっといい家です、この機会にお二人が新家庭の夢を結ぶには格好の場所です。さあご支度下さい」

そういって二人をせき立てた。久留島はにがり切った顔をして、なかなか腰を上げなかった。

四

「これでは関流のとりこになったようなものですわ」

あやが言った。

「とりこにしては分不相応の待遇だ」

来る時は渋っていた久留島も神田佐久間町の新邸に移ってからは、西島のやり方をそう気にしてもいないようだった。門弟は関流一門につながる者、その数も制限されて、午前中、一刻ぐらい相手をすれば用が足りた。主として、疑問に対する回答であって、系統だった教授ではなかった。余暇は机に向って、勝手気儘《きまま》の勉強をしていればよかった。一日に一度は必ず夏目文二郎か山路主馬が訪れた。夏目は久留島に彼の解いた数学を見て貰ったり、久留島のやり始めた、新しい円理の進歩に眼を輝かせていた。山路主馬は久留島の整理役として、仕事を忠実にやっていた。久留島も、あやも門の外へ出ることを許されなかった。やむを得ない用事のある時は西島要之助に報告して警護の武士がついて出ることになっていた。生活には不自由なかったが、邸の周囲をめぐっているしのびがえしのついた高い塀と、夜分になると、必ず二、三人の武士が泊り込むのがやり切れなかった。

「どうするつもりかしら、わたし達……」

あやが不審にたえかねて久留島に聞いた。

「分らない、じっとしていればそれでよいではないか」

「これだけが人生か知ら……」

あやは淋《さび》しそうな顔を上げた。ここでは御簞笥町に居たころのように、振袖を着て、久留島と並んで、門人共を見下ろしている気ままな美しさは彼女から消えていた。

「わたしは、いつまで待てばよいのでしょう」

あやは催促するような眼をした。その眼に合う度に久留島はひどくまごついた。谷真平が死ぬ前、あやのことを頼んだ時、

〈あや殿はたしかにお引受け申す〉

久留島は谷の前ではっきりそう言った。それを谷真平とあやが、どう取ったのか、彼には分らなかった。引受けるということは保護者となるという意味で、結婚するという意味ではないつもりだった。

あやは二十二になっていた。久留島はあやの配偶者として夏目文二郎と山路主馬に眼をつけて、それとなく聞いてみた。

〈わたしには過ぎた女だと思います〉

別々に聞いたことだが、二人共同じように答えた。

〈だが、もしかりに関流四代目印可が貴殿のところへやって来たら〉

四代目を継ぐには関流の血の流れを汲む誰かと結婚しなければならない。その時はどうするかと、遠廻しに当ったのだが、

〈関流門下として命令には服従するでしょう〉

これに対しても同じ答えだった。命令に服従するということばは奇特に聞えるが、女より名を取りたいと願っている二人の気持がよく分った。

あやは夏目、山路に限らず、関の門弟ほとんどを軽蔑《けいべつ》していた。久留島が、あやと結婚の意志がないと見ると、西島要之助がいくつか縁談を持ち込んで来た。

「これこそほんとうに、わたしをとりこにする手段というものでしょう」

あやはその話に耳をかさなかった。

夏目文二郎が入って来て、先生残念ですといったまま、涙を落すのを、久留島はちらっと横目で見たまま、やりかけた行列式の問題に取り組んでいた。夏目はひどく取り乱していた。彼はその場で山路主馬を、あんな愚直の者とののしり、西島要之助を先の見えない関流の番頭とあざけり、三代目松永良弼を床の間の置き物だとこき下ろした。言うだけ言うと気が晴れたのか、自分の言ったことに責任を感じたのか、周囲を見廻した。

「どうしたのだ、少々取り乱しているようだが……」

久留島が机から離れた。

「残念です。山路に別伝免許がおりたのです」

別伝免許は、印可免許の一段階下であったが、これを貰ったものは、まず印可免許を受けて関流正統を継ぐ者と約束されたようなものであった。松永良弼が病弱で、そう長くないことが分っているから、四代目決定を急いだのだった。

「ほう、山路をねえ……」

久留島は西島要之助という男を改めて見直した。自分が西島だったら、矢張り、山路を四代目に立てるだろうと思った。山路は夏目に比べると頭はずっと落ちていたが、彼は夏目のしないことを、こつこつやる男だった。数学を系統立てて整理し、組織立った学問に仕上げるのは夏目より、山路だと思った。数学の門派をつぐには適当の男だ。夏目は秀才だが危ない。

「そんなに残念か」

「くやしいですとも先生、拙者の唯一の希望は失われました」

「貴殿は学問をするために、ここへ来たのではなく、四代目を狙うために来たのか、あわれな亡者だな」

「亡者で結構です、亡者は亡者らしく、今後はふるまいましょう、関流なんかにもう未練はありません」

「建部流へでも走るかな」

関流に太刀打ち出来るのは、関流の分派として一家をなしている建部流しかなかった。

「どうしようと拙者の勝手です」

それでも夏目は久留島義政に別れの挨拶だけは丁寧にして出ていった。

五

朝から降り出した雪は夜になってもやまなかった。夜半すぎに風が出た。

「久留島様、お寒くはございませぬか」

あやがまだ起きていた。

「こうして考えこんでいると寒さを忘れる、寒さだけではない、なにごとも忘れる」

「忘れるために算法をおやりになるのですか」

久留島は矩（定規）を置いた。

「そうかも知れない」

「わたしも忘れるために、もっと一生懸命になりましょう」

「ばかなことを、あや殿は若い、これからいくらでも道は開ける、実は……」

「およし遊ばせ、また誰かが持って来た縁談でございましょう、わたしは、わたし以上に算法のできる人に逢うまで、結婚のことは考えないことにしていますから」

「それはむずかしい、それでは一生待たねばなるまい」

「それでよいのでございます、それより久留島様は、なぜ奥様をお迎えなさらぬのですか」

「あや殿、一度解いた算法は二度解くには及ぶまい。愛すると言うことは一度しか出来ぬことです」

あやの眼に泪《なみだ》が浮んだ。

風で雨戸が鳴った。その音に向って、久留島の大きな耳がぴくっと動いた。あんどんの灯がゆれた。

「風が……」

と、あやが言いかけた時、二つの黒い影があやの前に立っていた。

「騒ぐと斬るぞ、そのほうが吾々にとっては簡単なのだ。いいか、騒ぐときっと斬るぞ」

覆面の武士はそう言った。

「直ぐ立って、俺《おれ》の後について来るのだ」

「どこへ行くのだ」

「言えない」

「わしがついて行けば、あや殿には危害を加えないと約束してくれるか」

「約束しよう、この女には用のないことだ」

久留島は立上って、低い声でつぶやいた。

「あや殿ともこれでお別れか……吉田流、大島流、宮城流、或いは建部流、いずれの門中からお迎えかは存ぜぬが、この雪の中を御苦労千万のことですな。思い切ってお斬り下さってもかまわぬが、あや殿の眼の前で斬られるのはつらい。ではお供をしよう」

久留島は雪の中へ出ていった。塀に綱梯子《つなばしご》が掛っていた。一人の覆面の武士が先に登って、塀の外へかくれると、次いで久留島が登っていったが、登りつめたところで足をすべらせて、下から登ってくる武士の頭の上へ落ちた。

あやが叫び声を上げた。

武士は起き上りざま、久留島に斬りつけた。彼は本能的に首をまげた。刀は彼の左の耳を落して、肩先へ斬り込んだ。

事件はすぐ西島要之助に伝えられ、犯人を追ったが不明だった。夏目文二郎の失踪《しっそう》とからんで、第一に建部門下が疑われたが、何一つ証拠らしいものはなかった。京都派が連れ出そうとしたのだと言う説も出たが、これも想像の域を脱しなかった。

久留島の傷は命を落すような傷ではなかったが、運悪く傷口が化膿《かのう》して発熱した。ずっとうわごとを言いつづけていた。うわごとの中に女の名が三つ出た。一つはあやの名だったが、他の二つはあやの知らない名前だった。久留島の亡くなった妻と一人娘の名前であることは、あやにも容易に想像された。

やや小康を見た。意識を恢復《かいふく》しかけた久留島はそこに居るあやに水を求めた。水は禁じられていた。

「久留島様、もう少しの我慢でございます。もう少しの……」

あやは必死に繰返した。久留島にそれが通じたか、意識恢復後と同時に起きた苦痛にゆがんだ顔で、しきりになにかをあやに言おうとした。あやが顔を近づけると、

「半円に近きものは真数伏《かく》れ、辺《へん》に近きものは真数顕《あら》わる」

と、低いが、割合いにはっきりした声で二度繰返した。

（弦の長さが短くなればなるほど、弦と弧は無限に接近していく）

という、円理の根本をなす法則であった。このことばが、どういう意味であるかを知ることの出来る人があやの他にもう一人居た。山路主馬であった。彼はその場で、久留島の臨終の言を筆記した。筆記が終るまで顔色一つ変えなかった。

このことばを最後に、久留島は再び意識を失って、ついに帰らなかった。いよいよだめだと分っても、あやは彼のそばから離れなかった。放心した顔で、じっとそばについていたが、突然憑《つ》かれたように久留島の死体にすがって泣いた。

久留島の最後の言葉は、そのまま、関流奥伝、印可免許の中に収められて、長く門外不出となった。

鬼才久留島義政の算法数理はことごとく関流によって吸収され、関流の地位は動かない

ものになった。それと同時に、和算学は封建の殻の中にいよいよ固くとじこもった。

女流数学者谷あや女も、彼女とほぼ同等の力を持っていた夏目文二郎の名も、久留島の死と共に消えてなくなった。抹殺《まっさつ》されたのか、変名して、谷真平と同じような道を行ったのか、一切が時間の壁にへだてられて知ることは出来ない。

異人二拾一人

一

伊豆七島御蔵島《みくらじま》、島役人加山左源太は、その朝もひどく憂鬱《ゆううつ》な顔をして役所に控えていた。おそらく今日も無為に過ぎるであろう。それはもう決りきった事なのだ。たとえ暦から今日一日がなくても、なんの変化もない連続なんだ。流人《るにん》はあきらめ切っている。島脱《ぬ》けをしようなどという勇気のある者は一人だっていない。島民はどうだ。百年来、二十七戸の戸数に増減はなく、人口二百二十名にも殆《ほとん》ど変りはない。この島は長男と長女と、その配偶者に約束された者以外は成年と共に村を去らねばならない。分家は許されない。役人の仕事とすれば、出島して二度と帰れない若者の人名を記録に留め、流人の動勢を報告することだけだ。一筆さらりと書くほどの手間しかない。

彼は恐るべき退屈のやり場を酒に求め、島の女に求めるが、それはそれだけでしかない。彼は青春を革命の起りかけている京都と江戸に求め、帰任することが唯《ただ》一つの望みである。時勢におくれまいと狂奔する友人達の叫び声が、海をへだてて彼の耳に聞える。神奈川生麦で、薩州《さっしゅう》藩士が英国人を斬《き》ったのもつい一年前のことである。

「なんという馬鹿げた存在なんだろう、俺《おれ》と言うものは……」

彼は役所の庭に出て、抜き討ちに、庭のツゲの木の枝を払った。

「ツゲか、ツゲの横櫛《よこぐし》か」

ツゲの横櫛から、彼は江戸の女を思い出す。いつ帰任の命令があるか見当はつかない。下手をすると忘れられたまま、この孤島に十年も放っておかれるかも知れない。

「それに今日は又なんとうっとうしい霧なんだろう」

彼は白刃を正眼にかまえて、こきざみに空をつめていく、その刀の背の延長線に一人の島の女が入って来た。ひどくあわてふためいた様子であった。前むすびの帯の下がはだけて白い肌が見える。

　この朝の様相を古文書によると、

　文久三亥年四月十八日の暁天掻曇《かきくも》り、朝霧もうもうとして山海の形勢髴々《ふつふつ》相分らず。然《しか》る処、六ツ刻とも覚えし頃、村方の婦女一人水を汲《く》まんと欲して、浜辺へ出行きし所、船揚浜の方に当って人声 夥《おびただ》しく相聞え、頻《しき》りに騒動の体なり、この女直ちに右の趣役宅へあわただしく訴え出たり……（御蔵島漂流船一件荒増《あらまし》留置記）

と、記されてある。

「落ちつけ、なにがあったのだ！」

加山左源太は女に一喝《いっかつ》をくわせた。どうせたいしたことではあるまいと思っていたが、女が黒船と一言言った時、一度収めた刀の柄に思わず手をかけていた。彼は女に島役筆頭堀川助左衛門に急を告げるように言い残して、浜へ向って駈《か》け出していった。

彼は黒船がおおよそどんなものであるかは絵で見て知っていた。それは和船と比較にならないほど巨大なもので、船の中央に煙を吐く煙突があった。黒船に近寄っていく手繰船《たぐりぶね》は、黒船の大砲よりも小さかった。彼の見た絵はペルリの率いる軍艦の絵であったが、それが彼の頭の中で一つの概念を作っていた。

加山左源太は前浜沖の岩尾に停止している黒船を見た。四本の帆柱の中央に煙突が一本あった。帆は巻いてあり、煙突からは煙が出ていなかった。船が岩礁《がんしょう》に乗り上げているかどうかは定かではなかった。直ぐにでも動き出しそうな様子をしていた。全体的に彼が想像していた黒船よりずっと小さい船に見えた。だが彼に恐怖心を抱かせたのは、船よりも、船の上に群がっているおびただしい人数であった。どよめきは彼の立っている磯《いそ》まで聞えた。ひどく活気に満ちた怒号で、なにかの行動を起す前の叫び声に聞えた。彼はその人数を数百と見積った。

堀川助左衛門が、書役児島市兵衛と村役人数人を引きつれて磯伝いに走って来た。助左衛門の白髪混りのびんのほつれようが常になく乱雑に見えた。助左衛門は左源太のところまで来ると、石につまずいて転んだ。

「なにを暢気《のんき》な顔をして見物しているのだ。直ぐ合戦の準備をしろ、あれは英夷《えいい》の船だ、英夷の船が生麦事件の仕返しにやって来たのだ」

それだけ言うのがやっとだった。

「英夷の船……」

助左衛門の狼狽《ろうばい》ぶりがかえって左源太を落ちつかせた。彼は眼を黒船に転じた。ひとりで見ていた時よりも、もっと色々のことが観察できた。

「英夷の船かどうか分らない、それに彼等に害意はない、鉄砲が見えぬではございませんか」

そう言った時から、左源太は何時《いつ》もと違う自分を感じた。何時かはこの上役と対立することを予想していたが、その日が案外早く来たような気がした。一切が新しくなろうとする時の動きの中に、例外ではあり得ない自分を見出したような気がした。

「鉄砲が見えぬのではない、見せないのだ、そんな計略が分らないのか」

助左衛門の声は大きい。声だけが、彼の威厳を持ちこたえていた。

「合戦の準備と言っても、鉄砲はたった三丁……」

と、言いかける左源太を押えつけて、

「村中の男という男を全部集めろ……女こどもは山の中へ避難させるのだ……」

助左衛門は自分の声に興奮しながら、村役人に向って怒鳴りたてていた。

「舟を用意してくれ……」

左源太は走りかけた村役人の一人を呼びとめてそう命じてから、眼に角を立ててなにか言おうとする助左衛門に向って、

「兎《と》に角もっと近くで検分しなければならないでしょう」

と、冷やかに言った。助左衛門がなにを言おうが、まげて実行する決心が、わずかにゆがめた左源太の口唇に動いていた。

霧が霽《は》れていった。海はそう荒れては居ない。櫓《ろ》を漕《こ》ぐ漁師に、もっと黒船に近づけるように言いながら、左源太は黒船の上の人の動きを凝視し続けていた。

黒船の人は英夷人ではなかった。一見してシナ人と分る風体の者が数百人ひしめき合って、近寄ってくる小舟に叫びかけていた。それ等の一群と別のところに、シナ人ではない一群が居た。東洋人ではないが、それ以上のことはわからなかった。

船の上で紙に漢字を書いて示した。広東人民と書いてあった。更に小舟を黒船に近づけると、船の上から板が落された。それに字が書いてあった。船はアメリカの商船で、広東人四百六十三名を乗せてアメリカへ向う途中、遭難したものであるから、救助されたいという意味のことが書いてあった。

黒い絶壁は左源太の眼の前からそそり立っていた。それは船とは思われぬ程大きな城の壁に見えた。城壁の上部から青い眼の男が、左源太に向って、何事か言った。身振りで船へ登ってこいという合図に見えた。綱が一本下って来た。

一度は綱に手を掛けては見たものの、左源太を躊躇《ちゅうちょ》させたのは、未知のところへ行く恐怖ではなく、陸で見ている島役筆頭堀川助左衛門のことが頭に浮んだからだった。異人との交渉は代表者たるべき人が当るべきだと考えた時、彼は綱から手を離して、自分の胸と陸とを交互に指し、再び引きかえして来ることを船の上の異人に知らせてやった。

異人の中に一人だけ女がいた。女の髪が風に吹かれてなびいていた。頭に火がついたように赤い髪に見えた。

二

堀川助左衛門は遭難船が軍艦ではなく、商船であると分った時から落着きを見せ始めた。

彼は服装をととのえ、加山左源太と書役児島市兵衛を添えて小舟に乗った。

綱につかまって、黒船の上に登った時も、たった一度じろりと船の上を見渡しただけで、以後は真直ぐ前を見詰めたまま無感動の顔をしていた。シナ人が通訳に当った。すべて筆談である。船長室へ案内しようと書いて来た紙に向って彼は首を振り、ここでよろしいと甲板を踏んだ。椅子が持ってこられると、それに腰を掛け、にぎりこぶしを両膝の上に置いた。そのままの形で真直ぐ前を見ていた。威厳を作っているのだった。

船長は肥満型の男で、話しながらも、鋭い視線を三人に交互に向けていた。船は南米の銀山に送り込むためのシナ人を乗せている以外は大した積荷はなかった。アメリカ人二十一名、シナ人四百六十三名が全部であった。暗礁に乗り上げた船が、風が変って、離礁出来るまで、シナ人全部を陸へ移して貰いたいというのが第一の頼み、第二は日本の港から曳《ひ》き船を派遣して貰いたい、それ以外に要求はなかった。

堀川助左衛門は人数について、間違いないかどうか再三船長に念を押した後で、女は船長の妻一人なのかと聞いた。オオマンは一人だけだと、船長自ら答えて、この奇妙な会見を笑いながら眺めている赤髪の女の方を見た。

「女のことをオオマンと申すのだな、そのことも書いておけ」

助左衛門は書役市兵衛に大きな声で言った。婦人《ウーマン》と言ったのをオオマンと聞き間違え、それが記録に残された。

　船の内部を見るかと言う船長の問いに対して、助左衛門は首を横に振った。話が終ると彼は彫像のように前を向いたきりで微動だにしなかった。

　左源太には、助左衛門の気取りようが、可笑《おか》しくてたまらなかった。おそらく彼の生涯のうちで最大な事件に当って、最高度に緊張しているのだろうと思われたが、緊張は滑稽《こっけい》な気取りに見えて威厳とはほど遠いものであった。

「船を検分なさいませぬか」

　左源太は上役の作ろうとしている威厳をそこなわないために、ずっと離れたところから、丁寧に頭を下げて言った。

「そちがとくと検分して参れ」

　助左衛門は鉄扇をかまえて左源太に言った。

　船の中と言う気は更にしなかった。仕切った小部屋が廊下をへだてて幾つか並んでいてそれぞれに横文字の名札が掲げられていた。船室の中は華美であった。寝台に毛布、壁には写真が飾ってあった。

　左源太は彼を案内して廻る、長身のいくらか猫背の男に向って、すばらしいとほめてやった。言葉は通じなかったが、動作でよく心は通じ合った。案内人が部屋を開ける時、ドアーのノッブを廻すのが左源太には奇妙な行為に見えた。丸い金色の把手《とって》を握ると、自然に開く戸の構造が不思議でならなかった。彼は案内人にその方法を教えられ、次々とドアーを開けて見た。開かないドアーに鍵がかかっている仕掛けについても納得した。
その部屋には横文字の表札が掛っていなかった。そのまま前を通り過ぎても気がつかないほどに狭い一室であった。左源太はその部屋でも把手を握って廻してみた。案内人が、なにか早口で言った。態度でその部屋は開けてはならないのだと言っているようであった。部屋の中で女の声がした。かすかではあったが、外に立っている二人に呼びかけている声だった。男は左源太の腕をつかんで部屋の前を引立てた。見せてはならない物の前を急いで通過しようとする様子だった。

「オオマンの部屋ですね」

左源太はこの船に乗っているたった一人の赤毛のオオマンがこの部屋に居るのだと思ったが、直ぐその後で、確か赤毛のオオマンは甲板にまだ居る筈だが、と考え直した。しかし先廻りをして何処《どこ》かの入口から入ったのかも知れない。そのままで行き過ぎようとする彼等の背後で、もう一度男を呼ぶ女の声がした。男はひどくあわてて、左源太の腕を引張りながら廊下を曲った。

「オオマン？」

と、左源太は聞いた。男はそれに対して、オオマンは甲板に居るのだと身振りで示し、左源太の顔の前に青い眼を近づけて、手を振ったり、肩をすぼめたり、耳を掩《おお》ったり、眼を見張ったり、しかめたり、そうした異常の動作を繰返してやってみせた。

「あの部屋には誰も居ないのだ、お前の聞いたのは幽霊の声なのだ」

男の手真似《てまね》動作の説明を左源太はそう解釈した。実際に幽霊が出そうに暗くて、沈うつな船室だと思った。男が何度か言ったゴストという言葉だけが頭に残った。

役所に帰ってからの堀川助左衛門は、次々と命令を出していた。早船の支度、屈強の漕ぎ手十人の選抜、浜に見張り所を作れ、そうする助左衛門の処置は理を得て常識的であった。彼は書役児島市兵衛の書き上げた注進書をもう一度読み上げさせた。その中に、亜墨《アメ》利伽《リカ》人二拾一人、広東人四百六拾三人乗船居候という字句があった。

「アメリカ人二拾一人程に見受けられ申し候、としてはいかがでしょうか」

と、左源太が口を挟《はさ》んだ。

「ほどとはどういうことか、二拾一人だから二拾一人でよいではないか」

そういう助左衛門に、左源太は、船の中で聞いた女の声のことを話した。案内した男が女ではない、あれは船の中の霊鬼のなすわざに違いないというような身振りをしたことを細かに話してから、

「おそらく、そのようなものは洋の東西にかけて居るものとは考えられませぬ、多分なにかの理由で一名の女をかくまっているものと思われます、やがて拙者が確かめるまで、御注進書には二拾一人程にと御記録願いたいのです」

助左衛門は一度は筆を取ったが、直ぐ置いて、

「姿を見たのではあるまい、声だけ聞いたというのは、お前のそら耳であろう。初めて戦場に臨んだ臆病《おくびょう》武士が空に敵の鬨《とき》の声を聞き、闇夜《やみよ》に敵の白刃を見るということがある……日頃の心の鍛錬が不足しておるぞ」

助左衛門はそれを書役や村年寄の前で大声で言った。そういうことを言って、左源太の立場がどうなろうと一切おかまいなく、唯助左衛門の島役筆頭としての威厳を保つためだけの叱《しか》りに見えた。

「後日、二拾一人が二拾二人になったらいかがなさいますか」

そんなことを上役に対して言ったこともないし、言えるものではなかったが、臆病武士といわれた左源太はそのまま意地でも引込めなかった。ままよという気持もあった。世の中はどうにかなろうとしている、ここで上役と意見が衝突したところで、これ以上のことはあるまい。左源太は答えがない助左衛門に向って、いかがなさいますかと、もう一度言った。

「腹を切る、腹を切ればいいのではないか」

（俗物め――）

そう簡単に腹が切れてたまるものか、いざそういうことになったら、おそらく手から力が抜けて刀も持てまい、腹切りの作法だって知っているかどうか分ったものではない。

「腹をめされますか、それならそれでもよろしいでしょう」

左源太はそれ以上のことは言わなかった。

三

風が変った。暗礁に乗り上げた黒船は傾斜角度を増し、陸から見ていても危険がせまっていることが分った。黒船からはボートが出され、このまま放置したならば、いかなる事態が起るかも知れないから、シナ人だけでも上陸させてくれという要求を持って来た。三宅島に出した早船は帰って来たが、三宅島の支配役人からは神奈川奉行の下知があるまで待機せよということ以外の伝達はなかった。助左衛門はシナ人の上陸を許さなかった。

「堀川様、このまま放置しておけば、シナ人は海に飛びこんで死ぬでしょう、そうなると、神奈川奉行所より人数の検分に来たとき前に書き出した人数と喰い違いが出ます」

左源太にそう言われると、助左衛門はその事がまた心配になった。顔をしかめると五十の年齢が六十にも見えた。

「造作もないことです、シナ人全部を上陸させ、もしおとがめがあった時は、泳いで参ったと申し開きをたてればいいではありませんか、なにもかも形式だけの世の中ですから」

左源太はそう助左衛門に言っておいて、村民に命じて船を出し、シナ人全部と当分の食糧を上陸させ、黒船の帆布でテントを張って浜の一角に収容し、木戸を設けて、見張りを立てた。

心配顔で、左源太のするのを見ていた助左衛門は、シナ人のことが片づき、まず平穏にテントの内で飯を炊き出したと見ると、陣笠《じんがさ》をかぶり、陣羽織を着込み、大小を腰にして、馬でもあれば乗りたいような顔をして、村役人を率いて検分に歩き廻った。

（ふん、土役人め）

左源太は助左衛門の虚勢を嘲《あざけ》った。

「船に残っている異人二拾一人はいかがなされるつもりですか、相手はアメリカ人です、もし万が一のことがあれば、今度こそ大変なことになります」

左源太はそう言って、腹を切る真似をした。すると助左衛門はひどくあわてて、

「たわけめ、なんという無作法なさまをやってみせるのだ……だが左源太、そちはどうする所存なのだ」

「勿論《もちろん》上陸させねばなりますまい、危険ですから」

彼は笑いながら小舟に乗った。刀の抜き方も知らないような、あの生れながらの腰抜け役人に腹を切らせたらと想像すると、ひどく愉快になった。刀の先を腹に当てて薄皮一枚破っただけで、気を失って、ひっくり返るだろうと思った。

肥満型の船長は笑顔を見せて、左源太に握手を求めた。左源太は異人が挨拶がわりに手を握ることは聞いて知っていた。大きな固い手で、差出した腕に毛が生えているのが薄気味悪かった。連れていったシナ人に通訳をさせて、これ以上船に止まることは危険であるから船を去ることをすすめた。東風が吹くまで待って、帆を上げて暗礁から離脱するつもりであると、船長の意志が漢字になって現われた。東風は吹くが、その前に強い南風が吹くことを告げると、船長は空と海と左源太の顔を見較べ、曳き船が何時来るかを尋ねた。曳き船に希望を持てないという意志を伝えるのには骨が折れたが、どうやら納得したようであった。左源太は船室に案内されて、酒と食べ物を出された。酒のことをラムと言う事を覚えた。大変な御馳走《ごちそう》であるが、異人は常にこれを食しているのかと、シナ人にたずねると、今日は礼拝日であり、礼拝日には異人はうまいものを食べて揃《そろ》って歌をうたうのだと字で答えた。日曜日と言うことを知らない左源太は多分なにかのお祭りででもあろうかと想像した。左源太は、前に自分を船内に案内した長身で猫背の男を船長がカーペンツと呼んだから、それが彼の名前だと思った。船大工《カーペンター》と呼んだのをカーペンッと聞き間違えたのだ。

左源太が不埒《ふらち》な行為をしようと思ったのは、カーペンッに便所に案内されて、用を足しながら、彼の靴音の消えていくのを聞いた瞬間だった。ひとりだと思った時、左源太はオオマンのことを考えた。確かに聞いた筈のもう一人のオオマンの部屋の前へもう一度行って見たくなった。はだしであったから、足音はかくせる、もし船の男にとがめられたら、間違えたと答えればいい。彼は暗い廊下を滑るように走り、汽罐部《きかんぶ》に通ずる鉄梯子《てつばしご》を右に見て、三番目の名札のない部屋の前に立って鍵穴から中を覗《のぞ》いた。暗くて見えなかったが、彼の想像では、部屋は物置きででもあろうかと思った。金具に手をふれた。びっくりする程冷たかった。と、中から声をおし殺したようなすすり泣きの声が聞えた。彼は一歩戸から遠ざかり、思い切って、把手に手を掛けて廻した。泣声はぴたりと止った。カーペンッが左源太を呼ぶ声が聞えた。

その時のことを左源太は助左衛門に報告はしなかった。もう一人のオオマンが船にかくまってあるということは確実だと思ったから、やがて検分に来る神奈川の奉行に直々報告して、一つには自分の手柄とし、一つには臆病だと叱責《しっせき》した助左衛門の鼻をあかしてやろうと考えていた。

四月二拾三日、凪《なぎ》、天気宜敷《よろしく》候所朝五つ頃三宅島下、大相《たいそう》成船一艘相見候、即、公辺方御出役、神奈川役人衆、定役《じょうやく》、青木久一郎殿、同心富田勘助、通詞吉川竜蔵、御家来衆召連相見候。

青木久一郎は出歯ではゼロで、話をする度につばを飛ばした。富田勘助は眼の細い酔払ったようなあから顔の男であった。通詞の吉川竜蔵は若いが、ひどく神経質な男で、たえず顔の筋肉をぴくぴく動かしていた。

彼等が御蔵島に着島して第一番目に命じたことは、異人との会見場設置のことであった。翌日、役人とアメリカ人との正式会見が行われた。役人達は高いやぐらの上に茣蓙《ござ》を敷き、その上に床几《しょうぎ》にふんぞり返り、アメリカ船の船長と主なるものは、ずっと離れた砂の上の床几に坐らされた。その中間に通詞が腰を下ろしていた。

（吾等は幕府の役人ではあるが、攘夷《じょうい》論者であるぞ……）

役人たちの顔にはそれがはっきり書いてあった。時代の流行について行きさえすれば、まず間違いがないものと考えている役人達の尻馬《しりうま》に乗って、むやみと下役を叱りとばしている助左衛門は更におかしな存在に見えていた。

左源太は遠くの方から成行きだけを傍観した。会見は直ぐ終った。曳き船はないから派遣しない。遭難船から、貨物を陸上げすることは許可する。シナ人を神奈川へ輸送することは承知する。アメリカ人の上陸は差支えないが、一定の居住区以外へ出ることはまかりならぬ。追って沙汰《さた》あるまでそのまま待て。船長は取り調べたいことがあるから、神奈川まで同行せよ。遭難船の検分も人数改めもしなかった。会見が終ると、すぐに帰り支度をはじめた。

「吉川殿にお耳に入れたいことがあるのですが……」

左源太は、折を見て通詞の吉川竜蔵に言った。神経質だが若い。若いからには自分の意とするところを汲《く》み取って貰えそうな気がした。

「なんの用だ。拙者は通詞である。通詞以外のことだったら、上役に申し出て貰いたい……」

吉川の顔には、明らかに島役人の下役風情がと軽蔑《けいべつ》している色が見えた。異人の人数に相違があるかも知れないと言ったところで、ふんと鼻先で一笑されてしまいそうだった。

「通詞のことなら何事でも分りますか」

左源太は、吉川竜蔵の眼を真直ぐ見て言った。吉川の顔に赤味がさした。怒ったな、怒っても、こいつも刀を抜ける侍ではない。

「ゴストという異人のことばはなんのことでございますか」

左源太の言葉は丁寧だった。

ゴスト、ゴスト、と吉川は二、三度言って首をひねった。知って居ない顔だった。

「ゴストとは船幽霊のことでござる」

左源太に自信があったわけではないが、相手が知らないと分ったとなると、ひょいと彼の口をついて出てしまったのである。

「ゴストではあるまい、ゴーストだろう、ゴーストとは亡霊のことじゃ」

「同じことではございませぬか」

左源太は一本お面を取った気持で言った。

「そのゴーストがどうかしたのか」

今度は吉川竜蔵の方で興味を感じたようであった。

「いやもう結構でございます。通詞以外のことは御上役に申上げましょう……」

左源太は吉川竜蔵のぴくぴく動く頬の筋肉を眺《なが》めながら、冷たく笑ったが、上役に言うつもりはなくなっていた。

四

日を追って、船は危険の度を増した。アメリカ人達は離船して指定された位置に居をかまえた。シナ人が三宅島よりの応援を得て、島を去ると、御蔵島は以前のように静かになり、島の南部や山の中へ避難して行った女や子供達も村へ帰って来た。

アメリカ人のために家屋三軒が提供され、周囲に木柵《もくさく》が設けられ、番小屋が建てられた。赤毛のオオマンが船長の妻女であるという理由で一家屋が与えられた。オオマンは加山左源太のことをカヤーと呼んだ。カヤーではなく、カヤマだと言っても訂正しなかった。左源太はアメリカ人係となり、にわか通詞の役を背負いこまねばならなくなった。ユーとミーとイエスとノウ、サンキューなどの単語を覚え、どうやらアメリカ人の意志の大要を助左衛門に伝えることができるようになると、左源太はいよいよ番所から離れることが出来なくなった。オオマンはたいした用もないのに、左源太を呼んだ。行かないと、柵を乗り越えようとした。カヤーと呼ぶオオマンの声を聞く度に彼は番所から出て、赤毛の女の前に立たされ、長い時間をかけて、手真似で話をしなければならなかった。

左源太はオオマンが彼を呼びつけるのは、生活上の問題と、暇つぶしの緩和と、日本人に対する興味との三つであろうと考えていた。だが、十日も経つと、それだけではなく、なにかの目的、それは左源太をオオマンの親しい味方につけようという意識のもとにする行動にも見えて来た。オオマンは左源太に異国人の持つピカピカ光った小刀を与えようとしたり、玻璃《ガラス》の水杯《コップ》をやろうとした。左源太はなにものにも手を出さなかった。欲しかったが、それをくれようとするオオマンが彼には気に入らなかった。

　オオマンと他の十九名の男のアメリカ人との間には、左源太が見ても、形式的な交渉しかなかった。それが左源太には、異人間の男女の礼儀だと思われなかった。オオマンは幾つもの着物を持っていた。赤毛の女は赤い着物を好んで着用した。それを着て歩いていると、血を浴びた女に見えた。

　オオマンは男達が船から陸上げする品物を一つ一つ検査した。大きな物は必ず中を開かせた。船員の誰かが、船へ行ったとなると、双眼鏡を眼に当てて、船の監視を続けた。そういうことをしている時のオオマンの眼付きは鷲《わし》の眼のように光っていた。

「カヤー、お前も船へ行きなさい、アメリカの船には日本で見られない色々の物がある」

　オオマンは左源太に遭難船へ行くことをすすめて、帰ってくると、玻璃《ガラス》の水杯《コップ》に酒《ラム》をついですすめながら言うことは決っていた。

「なにか変ったものは見なかったか」

　そう言う時のオオマンの青い眼の底には、左源太が見たものについて、ひとかけらの嘘も許さないぞという、強請があった。黒船はそのままでいた。帆柱は切り倒され、船具も次々と陸上に運ばれていった。

　左源太は船の中にもう一人のオオマンが居なければならないという理由の一つに赤毛のオオマンを登場させて考えた。赤毛のオオマンに見せてはならない女ではないかと思った。何故赤毛のオオマンにかくして置かねばならないかについては、考えが及ばなかった。左源太はカーペンツと共に遭難船に何回も出掛けていった。船の構造は略《ほぼ》覚え、女の声のした部屋にも行ってみたが、その後人の気配は感じられなかった。だが、船の中に人が居ると思われる一つの証拠はカーペンツが提供した。カーペンツが彼の弁当を船に持ち込んだものの、いざ昼食となると、彼の弁当はいつの間にか半分ほどになっていた。

「一人《ワン》の女《オオマン》が船《シップ》に居る」

　と、左源太が覚えたての言葉でカーペンツに言って、彼の持って来た弁当の行方を手真似で指摘すると、カーペンツは、しまったというような顔をした。カーペンツはどこかおどけたところのある男であった。彼は左源太に尻尾《しっぽ》を摑《つか》まれたと分ると、大げさに両手をひろげて、首を振りながら、左源太を例の部屋に案内して、鍵で戸を開けた。女はいなかったが、オオマンの体臭がした。近づきがたい異国の女の強い臭いだった。

「オオマンは居ないが、居るのも同様だ、この体臭は、今までここに女が居た証拠ではないか」

左源太は、自分の鼻を鳴らして、カーペンツを責めた。カーペンツは飽くまで幽霊《ゴースト》であると手振りで示し、体臭を幽霊のものであると言った。馬鹿らしい弁解だったが、そうまでして女をかくまわねばならない理由の方が左源太には興味が湧《わ》いた。左源太は陸にいる赤毛のオオマンとゴストオオマンとの関係についてカーペンツに訊《たず》ねようとした。赤毛のオオマンの話が出ると、カーペンツは沈痛な顔をして腕を組んで、これ以上、赤毛のオオマンの問題に触れるのはお前自身のためによくないのだと言った。

船の中にもう一人のオオマンが居るということは八分通り確かだと左源太は考える。その女が、悲劇の中にいる女に思えた。あのすすり泣きの声は、女が不幸である証拠だと思った。そのうち暴風雨が来ると、船の沈没は間違いない、その前に何故女を上陸させないのか、異人たちは女を船と共に消去させる考えではないのかとも思う。

「船の中には確かにもう一人のオオマンが居るものと思われまする」

左源太は、カーペンツが持っていった弁当のことを助左衛門に報告し、島役筆頭としてもう一度船中検分のことをすすめたが、助左衛門は、神奈川から島に帰って来た船長を呼んで義務的な質問をしただけで、それ以上の行動には出ようとしなかった。

左源太が途方もない計画を立てたのは、船長が左源太に短銃を擬した時からだった。その夜、番小屋を訪れた船長は、お前が船の中で聞いた幽霊《ゴースト》の声のことを赤毛のオオマンに話したかどうかと質問した。話してないと答えると、短銃と若干の弾丸を彼の前に置いた。見えすいた買収を拒否すると、船長は短銃の口を彼に向けて、この問題について他言すると殺すぞと脅迫した。前に置いた短銃を彼に向けた時の船長の動作は機敏であった。

左源太は手繰舟を一人で漕いで黒船に近づいて行った。暗夜で風がなかった。船に残る女を小舟に乗せて、三宅島の支配所に送るつもりだった。それによって騒動が持ち上ることは分っていた。左源太は自分の出すぎた行動に対して、お叱りは覚悟していた。だがそうなった場合の助左衛門や、神奈川から派遣された役人や通詞の方はお叱りだけではすむまいと考える。アメリカ船の船長がどういう処置を受けるかは見当がつかなかった。

黒船から垂れ下っている綱に小舟をつなぎ彼は船腹に足をかけた。八分は船にオオマンの居ることを信じ、二分は異人の幽霊と体臭に気を引かれながら、彼は持参した龕灯《がんどう》に火を点じた。

おそるべき静寂の中に時折船体がぎしぎしと鳴った。彼はカーペンツのやったように戸を叩《たた》きながら廊下を歩いて、異人たちが人を呼ぶときに使うヘローという言葉を使った。声は狭い船内で反響した。

「カーペンツ？」

女の声がした。左源太は龕灯を女に向けた。幽霊ではない証拠には女に足があった。

「ユー、ヘルプ」

と、左源太は女に言った。ヘルプが救助であるから、ユーヘルプで、お前を救けに来たのだと女に分って貰えると思った。女は廊下の隅にかたくなって突立っていた。血の気の引いた顔をしていた。左源太は声を落して、ユーヘルプと言ったり、ミーヘルプと言ったり、早く《ハヤップ》と言って、外をゆびさしたりして、彼が女を助けに来たことを身体中で示そうとした。女の顔に動きが見え出した。女もヘルプと言う言葉を使った。早くと言って、左源太が廊下を甲板の方に向って歩き出すと、女もついて来たが、タラップのところで躊躇した。信じられない顔に見えた。左源太は龕灯をそこに置いて、ここに居たら船が沈み、お前も死ぬのだと言った。彼の懸命な身振り動作が女を決心させた。

海に垂れ下っている一条の綱を見て、女は恐怖の眼を上げた。左源太は女に無理に綱を握らせ、女を抱きかかえて船からおりようとした。女を抱くと、強烈な体臭が彼の鼻をうった。思ったより重い女だった。彼は女を手から離し、もう少しうまい方法はないかと考えた。女が叫び声を上げた。浜から黒船に向って灯が近よって来るのが見えた。速度から、その船はアメリカ人達が坐ったまま漕ぐボートであろうと思われた。

左源太は女と並んだまま、ボートを待った。手繰船で逃げても、逃げおおせるものではなかった。

微風が女の髪を左源太の頬のあたりになびかせた。突然女が左源太の胸にすがって泣き出した。彼は女の手をほどくことも出来ず、なにかの宿命の前に立たされている自分を夢の中のように感じながら近よって来るボートを見下ろしていた。

ボートから短銃が火を吹いた。一発だけだった。ボートの中から船上の二人に向って光が投げられた。

「カヤー、オオマンを離して船からおりろ、そうしないと射ち殺すぞ」

船長の声が聞えた。陸の方にいくつかの光が見えた。左源太は綱に手をかけて、オオマンに、ユーヘルプと言った。いつかは必ずお前を助けてやるぞと言ったつもりだった。

五

「夜中の船の検分、なにごとがあったのだ」

助左衛門は砂浜に待っていて左源太に言った。

「幽霊《ゴースト》に面会して来たまでのことです」

左源太は助左衛門に答えて横をむいた。赤毛のオオマンが走って来て、何をしに船に行ったのだと左源太に訊いた。

「船長に訊くがいい……」

彼はそう言い残して、素足に踏みしめる砂を異国のもののように感じながら、胸をそらして、真直ぐ歩いていった。

左源太は彼の胸に顔を沈めて泣いていたゴストオオマンを助け出すための方策を考え始めた。助左衛門はあてにはならない。これは自分だけが出来て、自分がしなければならないことのように考えたが、みだりに他国船に参ることはならぬ、島役人が賊を働いたと、神奈川のアメリカコンセルに訴え出られたらどうするつもりなんだと、助左衛門に言われてみると、それに返す言葉はなかった。事実、彼はゴストオオマンを船から盗み出そうとしたに違いなかった。船に乗っている女をアメリカ人の男達がなぜかくそうとしているのか、それは分らない。はっきりしていることは、男達が赤毛のオオマンの眼をおそれていることだ。そういうことがほぼ左源太に分って来ると、彼はゴストオオマンを救助する一つの方法として、赤毛のオオマンを利用しようと考えた。ただそれには機会が味方しなければならない。左源太は辛抱強くその日を待った。

彼は番所の前に巻藁《まきわら》を用意して、暇があると、刀を試した。異人達に日本刀の威力を誇示するつもりはなく、そうでもしていないと、彼の鬱積した情熱のはけ口がなかった。彼の気合は島の空気を斬りさき、巻藁を二つにした。ワンダフルと賞讃するカーペンツに、ゴストオオマンに弁当を届けることを忘れるなと、振り向きもしないで言ってやる余裕を見せての武技であった。

その朝、左源太は刀の光に曇りを感じた。手入れは充分してある業物であったのに、その曇りは異様であった。彼は刀身をあらため、

「嵐《あらし》が来るな……」

と、つぶやいた。刀を鞘《さや》に収めて、空を見上げると、太陽に暈《かさ》がかかっていた。風は南に変りつつあった。左源太はにやりと笑った。待った日がとうとうやって来たなと思った。夜になると海鳴りがした。海の様相は急速に変化しつつあった。

天候の急変はアメリカ人船員にも分っていた。彼等は船長を中心として、何度か相談をした。雨にさえぎられて見えなくなった遭難船の方へ時々送る不安の眼から想像すると、彼等は、船に残っているゴストオオマンのことについて相談しているのではないかと思われた。

左源太は腕を組んで、沖を見つめているカーペンツに言ってやった。

「おいカーペンツ、早くボートを出さないと、船は沈没するぞ、船が沈めば、船に残っているオオマンは死んでしまうんだ」

カーペンツは彼の言葉にうなずき、船長に向って、相当激しい言葉で談じこんだ。船長は、カーペンツとカーペンツの意見に賛成する船員達にやり込められたかたちで、船員と離れて立って考えつづけていた。沖と、赤毛のオオマンのいる小屋の方へ等分に眼を配っているところから見ると、妻女の眼をおそれて、ボートを出すことをためらっている様子だった。

決心のつかないカーペンツがボートの方へ近寄っていって、手を貸せと、船員達に呼びかけた。船長が吠《ほ》えるように怒鳴ってボートに近づき、カーペンツの顎《あご》にげんこつをくれた。船員達はボートをあきらめた。

左源太はやや性急の足取りで、船長と赤毛のオオマンの家屋に入っていった。夜になると、外は風雨に変っていた。洋灯《ランプ》をはさんで船長と赤毛のオオマンが突立っていた。ものすごい早口で女が船長にくってかかっていた。左源太が入って行ったのも気がつかないほど、二人の仲は荒れていた。赤毛のオオマンに問いつめられて、船長が立往生をしている格好にも見えた。二人の会話の中に、ストームとボートとオオマンと三つの言葉が交互に出ていた。

（赤毛のオオマンがゴストオオマンのことをかぎつけたな）

今こそ機会が到来したのだと、左源太は下腹に力をこめて言った。

「船長、嵐《ストーム》が来たぞ」

左源太は大股《おおまた》に船長に近づいていった。船長の顔に警戒の色が浮んだ。左源太の次に言うべき言葉について恐れている顔だった。

「船の中にいるオオマンをどうするのだ」

左源太はそう言った時、刀の柄にすばやく手を掛けていた。船長は腰に短銃を持っている。ゴストオオマンのことを妻女の前で言おうとしたら、多分その短銃で射つだろうと予想しての行動だった。番所で左源太に短銃を向けた時の船長の手の早さは知っていた。だが刀の柄に手をかけた以上、俺の方が勝ちだ、船長の手が短銃にかかる頃には、彼の首は飛んでいる筈だと左源太は眼で船長に言ってやった。

船長は左源太の刀を抜く早さは何度も見て知っていた。左源太のかまえと殺気に釘づけになったまま唇をかみしめていた。

「船の中のオオマンを助けねばならない、嵐が来ると船は沈没する」

彼は知っているかぎりの単語を並べ立てて言った。それまで黙って見ていた赤毛のオオマンが大きな声を上げて船長にとびかかっていった。その隙に左源太は、船長の腰の短銃を抜き取っていた。

「早くボートを出せ、船の中のオオマンを助けねばならないのだ」

左源太はそう言って海をゆびさした。

ボートが用意された。用意させたのは主として赤毛のオオマンであった。彼女は雨の中を狂ったように走り廻って、船員たちにボートを用意させようとした。人命救助のためではなく、嫉妬《しっと》がそうさせていることは左源太には読めていた。

左源太と船長と赤毛のオオマンを乗せたボートは八人の漕ぎ手によって、波頭の間を黒船に向って進んでいった。幾度か波を頭から被《かぶ》り、危険が予想されたが、赤毛のオオマンは引返すことを許さなかった。彼女は叫びつづけていた。暗かったが、女の怒り狂っている顔が、左源太にはよくわかった。

黒船の腹に波が当ってくだけていて、近寄ることは困難であったが、船員は赤毛のオオマンの怒りだけに下知されて動いていた。

カーペンツが綱を握って船に登っていった。怒濤《どとう》の中に、無気味な沈黙が続き、玻璃《ガラス》製の龕灯《がんどう》に照らし出された黒船は波にうめき声を上げていた。船上に二つの人影が動いた。一つは黒く、一つは雪のように白かった。それを見て、赤毛のオオマンが叫び声を上げた。カーペンツは白い着物を着た女を横抱きにして綱にすがった。二つの物体が一つにもつれて、落された物のようにボートに滑りおりて来た。ボートが大きくゆれて、黒船から離れた。

赤毛のオオマンは船長の前に居た。黒船の上から女がボートにおろされた瞬間、赤毛のオオマンが立上ってその女の方に向って、なにか叫びながら行こうとした。その背に船長の太い片手が延びた。赤毛のオオマンを引き止めようとするよりも、突き飛ばしたように左源太には感じられた。ほんの一瞬の出来ごとであった。波が来てボートが傾き、再び旧にかえった時には船長の前に居た赤毛のオオマンの姿は消えていた。ボートはその付近を廻り、光は海上を探したが、赤毛のオオマンの姿は浮ばなかった。

「なにごとがあったのだ不埒者め」

助左衛門は陸に上った左源太を叱った。黒船に関する限り、ふらちを働く者は左源太ときめている顔だった。左源太はことのあらましを報告した。

「それは大変だ、当方の検分の手落ちになる……」

助左衛門は雨の中を、前かがみになって、大変だ、大変なことだと言いながら歩き廻った。徹底した助左衛門の無能ぶりは幕府の末路を見るようにあわれであった。

「堀川助左衛門殿、切腹のことをお考えになっておられますか、だがそれには及びません。異人二拾一人中オオマン一人と報告されたとおり、今も尚《なお》人数に相違はございません」

おおという助左衛門の声を背後に聞きながら左源太は、異人間の秘密が異人間で片づけられたことと助左衛門が無事であったことをひどく物足りなく感じながら、これでいいのだと強いて自分に言い聞かせていた。白い着物を着て、ずぶ濡《ぬ》れになってふるえていたゴストオオマンが、着換えをして、ただのオオマンになってから先のことは考えてはいけないのだと思った。

左源太は暴風雨に打たれながらいつまでも磯に突立っていた。

六月三日、大時化《おおしけ》高浪激烈候、夷船打崩、海中八方散乱或沈没、流失致弥々《いよいよ》破滅相成候、又少々当島打寄相成品有之候、用弁相成品無之候。異人二拾一人間違無之御送届候折以上乍恐《おそれながら》以書付御上申候也

文久三亥年六月十日

御蔵島役　堀川助左衛門

アメリカ人二拾一人は二艘の手繰船に分乗させられて神奈川へ送られた。

その朝も霧がかかっていた。

別れるにのぞんで、船長は記念のためにと、加山左源太の前に短銃と弾丸を置いたが、左源太はノウと一言きつく言ったきりで、船長の出した手も握らなかった。

ゴストオオマンは左源太にサンキュウを繰返し、彼がくすぐったいような顔をして横を

向きかけた隙に、彼の頰にキッスをした。

その感触はその後、加山左源太が通詞となり、外交官となって、明治政府につかえ、西洋でしばしば経験した同種類のいかなる瞬間よりも鮮明なものとして彼の記憶に残されていた。

関の小万

一

小万《こまん》は母のことを言われると、なつかしい母ではなく、こわい母としての記憶がよみがえって来て、思わず身を固くした。皮膚の下にこびりついている、母の手に打たれた痛さが、歳月を越えてふき出して来そうだった。

「小万、母の顔を覚えているだろうな、この家でお前の母が息を引取る間際に言った言葉も多分忘れてはいないだろう、あの時お前はもう六つだったからな」

山田屋吉右衛門は長火鉢《ながひばち》を前にして言った。吉右衛門がこういう言い出し方をする時には、その先になにがつづくか小万はよく知っていた。小万がそんじょそこらの町人の子と違っていることをひととおり述べてから、だからと改まって、働きようが悪いの、態度が悪いのと小言を言われるに決っていた。吉右衛門は、旅籠《はたご》屋の主人にあり勝ちな、なにかと言えば使用人にぶつぶつ言いたい性質の男である。言えばすむのである。黙って聞いていればいい。吉右衛門は気は小さいが根は正直者である。

「あらためて、言うまでもなく、お前の父親は元久留米藩の指南番役、牧野藤左衛門、お前の母親は喜和と言った……」

小万は別に驚いた顔はしなかった。小万の母が、小万がおとなになったら、話してやってくれと遺言して死んだというその話は、吉右衛門夫婦から、もう何度となく聞いている。小万にかぎらず、関の宿場中この話を知らない者はない。

「牧野藤左衛門に毒酒をすすめ、卑怯《ひきょう》未練にも、帰りを待ち伏せして殺したのは内田平左衛門という侍だ、……」

吉右衛門は卑怯未練という時に、一段と声を高くする。その声色が一つの型にはまってしまうほど、吉右衛門はこの話をあっちこっちでふれ廻っているのである。

「内田平左衛門は小柄な男で、みけんに斜めに刀の切り傷がある。牧野藤左衛門の妻の喜和は幼い小万をつれて、仇討ちの旅に出てから浪々一年……」

小万はちょっと顔を上げた。浪々一年という言葉が、いつもと違っているなと思った。吉右衛門の妻のかめが、長火鉢のそばによりそうように坐ると吉右衛門の話を引継いだ。

喜和が死ぬ間際に、小万を育てあげて、立派に仇《かたき》を討たせてくれと、たのまれたという段になると、かめは言葉のかわり、その愁嘆場《しゅうたんば》を再現でもするかのように手ぶり身ぶりで、

「わたしたち夫婦は、お前の母親に約束したのだよ、立派に育て上げて仇をきっと討たせ

てあげるからとねえ……」

かめは胸がせまったように、そでで眼をおさえた。

それでも小万は別に感動らしきものは示さなかった。山田屋夫婦は、この話をするのが好きなのだ。多くの人に繰返し話しているうちに、その話の中に山田屋夫婦自身が入りこんでぬけ出られなくなっているのだ。

「分るだろう。小万、お前の母の無念さが……」

吉右衛門にそう言われて小万は、はいと答えた。

（でもその話は嘘です、嘘にきまっています）

小万は腹の中でその話をはっきり否定していた。

（あの女は私のほんとうの母ではない）

それはもう、小万の、最初の記憶の中にある、その母なる女からして、小万に取っては母として迎え入れられないものがあった。小万は、ひどく暗い、じめじめしたところから逃げ出そうとして、母という女にひどく打たれたことが、彼女のその母という女に関する最初の記憶であった。

小万が、喜和に関の宿場の山田屋で死別した時は六歳であった。山田屋吉右衛門の女房、かめに、お前の母が死んだと告げられた時に小万は泣いたが、それは母を失った悲しみではなく、生活保護者を失った嘆きであった。だから、かめに、この家に置いてやると言われると、小万はすぐ泣きやんで、新しく小万の保護者となるべき女の顔を見詰めたものである。

　小万は自分が誰の子であるかは知らなかったが、母という女に引き渡される前まで、彼女をやさしく扱ってくれた女がほんとうの母であろうことを漠然《ばくぜん》と想像していた。そのやさしい女の手から、喜和の手に移ってから、小万の記憶は始まっていた。

　母のところには、いろいろの男が出入りをしていた。浪人者が多かった。母のところへ男が来ると小万は邪険に扱われた。男はしばしば変った。

〈こいつは掘り出し物だぜ〉

　母のところにごろごろしていた浪人者が小万の顔を見て言った。小万は、掘り出しものという意味は分らなかったが、その男と母が小万を品物扱いにしていることだけはよく分っていた。

〈利口そうな顔をしていますこと、でもいくらかきつそうね……どうでしょう、この子の口許のしまり方と言ったらまるで御武家様のお嬢さま……〉

　旅に出て間もなく、ある旅籠屋の女中が小万の顔を見て言った。すると、小万の母は、

〈あなたは眼のお高いこと、今でこそこんな格好をしていますけれど、つい一年前には、

わたしたち親子は五百石をいただく侍の家族として……〉

喜和はそう言いかけて、今までついぞしたこともないのに、小万を抱きよせて袂《たもと》で顔をおおったのである。その後で宿の主人が、改めて話を聞きに来た時には、喜和はもっと落ちつき払って言った。

〈実は夫の仇、内田平左衛門を討つために、この子をつれて、国を出てから、はや一年……〉

小万には母が嘘を言っていることは幼い心にちゃんと分っていた。しかしその嘘はふたりの旅にたいへん効果的だった。話をすれば、必ずなんらかの実質的な反応が、現われた。小万は母に教えられたとおり、

〈わらわは牧野藤左衛門の一子小万なり、内田平左衛門、尋常に勝負、勝負〉

などと、まわらぬ口で言った。するとそれまで半信半疑で母の話を聞いていた者まで、ついほろりとなって、若干の金を旅費の一部にと差出した。

関の旅籠屋山田屋へ小万と喜和が泊ったのは二月の寒い日であった。喜和は、その夜発熱した。高熱は一週間続いた。肺炎を起したのである。

熱を発してからも、喜和は例の仇討ちの話をやった。熱が高かったし、若しわたしが死んだらなどという言い方が、その場の空気をひどく悲愴《ひそう》なものに仕立て上げていた。

喜和は発熱してから十日目に死んだ。死ぬつもりではなく、病気中も仇討ち話で稼《かせ》ごうとしていた喜和の最後は劇的でさえあった。喜和の持っていた荷物の中に、手紙が一通入っていた。宛名《あてな》は京都四条河内屋六左衛門とあり、差出人はただ儀兵衛と書いてあるだけである。もしや、小万の親戚でもあったらばと、町役人立会の上で封を切って読んで見たが、内容は儀兵衛から河内屋六左衛門あての喜和女の紹介状であった。喜和が小万をつれて仇を探していることなどは書いてなかった。

「小万、お前はもう十四だ。そろそろおとなになる年頃だ。普通の娘なら、私はお前に、お針の稽古《けいこ》でもすすめたいところだが、お前はただの娘と違った大きな望みがある。仇討ちだ。実はそのことで、今日亀山の加毛寛斎先生の道場へお願いに行って来た」

吉右衛門はそう言ってから、傍に並んでいるかめの方を見た。小万がいやだと言ったら、お前がよく言い聞かせてやってくれるだろうねという顔である。

小万は顔を上げて、吉右衛門とかめの顔を交互に見た。剣術の稽古など考えてもいないことだったが、いつかは、なにか変ったことをしなければならなくなるだろうという予感は持っていた。

小万は単なる山田屋の養女ではなかった。仇を探している娘という名のもとに養われている客寄せ女であった。

吉右衛門夫婦が小万を引取って育てたことは、もともと、小万の母なる女の口車に乗せられたことでもあったが、仇を探している娘を養っている山田屋という評判が立って来ると、小万は山田屋だけでなく、関の宿場の評判者になった。それに小万は美貌《びぼう》に恵まれていた。侍の娘で、親の仇を討つために、宿場で苦労しているのだというふれこみにふさわしい、しっかりした娘に小万は育て上げられていった。

関は東海道の鈴鹿《すずか》峠を前にひかえた宿場だった。小万の話を聞いて、小万を見にわざわざ山田屋へ泊る物好きな客もあった。

「剣術をせよとおっしゃるならば剣術も習います」

小万は素直にそう言った。いやとは言えない立場にいる自分をよく知っていた。山田屋にいるかぎりは山田屋のいうなりになる以外に生きる道はなかった。ただ彼女は、この嘘がいつかは明るみに出されるだろうことをおそれていた。おそれながらも、そうなることをひそかに望んでもいた。仇を持つ娘でなく、ただの女でありたかった。仇を持つ娘に仕立て上げたのは、得体の知れない母という女であり、小万には責任のないことだった。

二

亀山の道場へ雪駄《せった》を鳴らして通う小万の姿は街道の眼を曳《ひ》いた。やはりあの娘は剣術を習って、ほんとうに仇を討つのだろうかというひそかな期待が関から亀山へ延びていった。

　小万は十六になった。

　彼女は朝早く客を送り出すとその足で亀山の道場へ行き、夕刻までには引返して来て、着がえをして、山田屋の前に立った。小万は他の宿の女中のように、声をはり上げて旅人を呼び入れるようなことはしなかった。もの静かに立っているだけだったが、彼女の麗質は人目についた。小万は洗濯や掃除に追廻され、はいずり廻る女たちのように、ずんぐりちぢこまってはいなかった。毎日の武技が発育ざかりの彼女の姿勢を素直に育てたのである。容姿共に非の打ちどころがないと言えばそれまでだが、強いて言えば、小万には愛《あい》嬌《きょう》がなかった。めったに笑顔を見せたことのない、どちらかと言えば暗い顔をしていた。世間ではその小万を慎み深い、大望を抱いた女だといいほうに解釈していた。小万の評判は年と共にあがっていった。

　小万の十七歳の秋であった。

　身なりのいい三人の武士が山田屋に宿を取った。姿格好は山田屋に泊る客筋ではなかった。部屋に落着くと、そのひとりが、亭主の吉右衛門を呼んで言った。

「小万の話を聞き及んだが、わが久留米藩とも関係がありそうだから、くわしく話しては貰えぬか、場合によっては格別の援助をしてやってもかまわぬが」

侍は久留米藩士桜井元次郎と名乗った。吉右衛門はひどく恐縮した。上等の客が三名も泊ったばかりでなく、小万の話を聞こうと言うのだから、彼は小万に着かえさせて、侍たちの席につれて出ると少々上ずった調子で小万の母が死ぬ間際に言ったことを話した。

「その病死した女の名は……」

話が終ると桜井元次郎はややきつい顔で吉右衛門に訊《たず》ねた。

「喜和さんと申しました」

「喜和とな……年頃はどのくらいだったかな」

さあ年のほどはと吉右衛門は考えてから、

「年齢を聞いたわけではないから、はっきりしたことは申せませんが、三十六、七か或いはもう少し上かと見受けられました」

「その時の小万の年齢は」

「はい六歳でございました」

桜井元次郎は腕を組んだ。桜井の左右にいる侍達も、ありありと不審を顔に浮べていた。

「久留米藩士としてひとこと言って置きたいことがある。その牧野藤左衛門という男は確かに元久留米藩にいたが、指南番などという役柄ではない。江戸詰の折、同僚の内田平左衛門と酒席で口論し、抜刀して相争い、牧野は死に、内田平左衛門は追放となった。ふたりとも、まだ独身で軽輩であった。表面上は独身であったが、或いは牧野はひそかに妻帯していたかも知れぬ、その喜和という女が、藤左衛門の一子小万をつれて、内田平左衛門を探しに出たなどということも、ここで初めて聞いた。もともとこれは私怨《しえん》であり、その後わが藩とは関係のないことであるから、牧野の家族が内田を仇呼ばわりして探し歩いたところで、われわれの知ったことではない。ただ、牧野藤左衛門が久留米藩の指南番をつとめていたという嘘は当方で迷惑する。今後、そんなことをいっさい言われてはこまる。固く注意して置く」

桜井元次郎はそれだけいうと今度は小万に向って訊ねた。

「小万、お前の父親は牧野藤左衛門だと思うかな」

桜井のぶしつけの質問に小万はぎょっとした。おそれていたことがとうとうやって来たと思った。

「私は父を知りませぬ……」

それでも小万は桜井元次郎の顔に視線をすえたままで言った。父を知らぬと答えた時、小万は急に悲しくなった。父もあり母もあったから自分があるのだが、父のことも母のこともなんにも分らないのだという悲しみが、そんなぶっきら棒な答え方になった。

「そうだろう、お前はまだ幼なかった……」

桜井元次郎は、小万の両瞳にあふれ出た涙を見ると、言おうとしていたことがつかえてしまったようだった。

「私は父を知りませぬ」

小万は同じことをまた言った。言葉と共に、泪《なみだ》が両の頬を伝わったが、小万はそれを拭《ぬぐ》おうともしなかった。

「剣術を習っているそうだな」

「はい」

「つらいか」

「決してつらいとは思いませぬ」

もういい、と桜井が言った。少女を痛めつけたくはないという気持になったのは、小万があまりにも、いたいたしく見えたからである。桜井は、一礼して去ろうとする小万にひとことつけ加えた。

「小万、内田平左衛門の人相は」

「みけんに斜めの刀傷」

「いや、それは違うぞ、絶対にそれは違う、内田平左衛門は右の眼の下に大きなホクロがある男だ。右の眼の下だったな……」

桜井は左右をふりかえって、二人の侍がうなずくのを見て、小万に、
「小万、仇討ちも悪いとは言わないが、もう二つ三つ年齢を取ったら、女としての生きようを考えたほうがいいと思うがな、他人が考えるのではない、自分で自分のことは考えなければならない」

小万は廊下をうつむいたまま歩いていった。行きどころがないほど真暗なところに追いつめられてしまったような思いだった。廊下の突き当りが布団部屋になっていた。そこは小万の母なる女の喜和が死んだところだった。小万は喜和の体臭と同時に、彼女のおそろしい手を思い出していた。

三

久留米藩の桜井元次郎が山田屋に宿泊したことによって小万に対する世間の眼がまた変った。牧野藤左衛門もその仇の内田平左衛門も実在の人物だったということは、山田屋吉右衛門夫婦を有頂天にさせた。牧野藤左衛門が指南番であろうがなかろうがどうでもよかった。牧野と内田の果し合いは酒の上の喧嘩《けんか》だったこともさほど気にすることはなかった。牧野と内田が共に久留米藩にいて、牧野が内田に殺されたというはっきりした裏づけがあるかぎり、小万の存在価値は充分あるのである。

小万は仇を持つ女として一段と高いところへおし上げられた。

小万は相変らず雪駄を履いて亀山への遠い道を往復した。そうしなければならないと吉右衛門に言われるからそうするまでのことであって、決して剣術が好きではなかった。彼女は道場で教えられるとおりに木刀をかまえ、それをふった。えいっ、やっという彼女の黄色い気合が聞えると、道場の武者窓に人がたかった。

「あれがあの有名な関の小万か」

そんなことが小万の耳にははっきり聞えることがあった。

「小万の太刀《たち》筋《すじ》は素直であるが、気力が足りない」

加毛寛斎は小万が道場に通い出した頃はよくそんなことを言ったが、小万が十八になると、もうそんなふうには言わなかった。小万は立派な女になっていた。十四歳から十八歳まで、道場に通いつめ、教えられたことは、教えられたとおりに覚えこんでいた。決して積極的ではなかったが、従順な彼女の性質が加毛寛斎に愛されていた。

小万はしばしば寛斎の弟子と稽古させられた。多くの場合、男の方が、遠慮しているから、小万を打ちすえるようなことはなかった。男たちが小万を女として意識し、父の仇を持った女だという特殊な眼で見ていると思うと小万は妙に腹が立った。そんな時小万は別人のようにふるまった。小万に鋭く打ちこまれて道場の羽目板に追いつめられる者もいた。

加毛寛斎が亀山藩主石川主殿頭《とのものかみ》総師に小万のことを尋ねられたことがあった。石川主殿頭は小万についての話はあらまし知っていた。加毛寛斎から一応小万の身の上話を聞いたあとで剣術の腕前を聞かれた。

「門人どもにひけを取らぬ腕……」

加毛寛斎は自分ながらうまく答えられたものだと思った。小万は並の腕だった。誰でも、年期をかければ、そこまでにはなれる腕である。

「そうか、なんとかして仇を討たせてやって欲しいものだな」

小万にかなりの同情を示しているような口調だった。小万のことが藩主の耳にまで達したということで、小万はもう身動きのならぬような立場に置かれた。小万の一挙一動が、あらゆる人の話の種になった。小万は益々《ますます》固くなり、無口な女になっていった。

小万は十九歳になった。同じ年ごろの女には浮いた話が持ち上る頃だったが、小万に心を寄せて来る男はいなかった。道場の男たちは小万と視線の合うのをさけていた。仇討ちをする女として、別扱いにしていることが小万にもはっきり読み取られた。

山田屋に浪人が泊った。小万の話を吉右衛門に聞いてから小万に会いたいと言った。そういうことは珍しいことではなかった。小万は聞かれたことだけを答えればいい、相手はひどく感心して、中には諸国遍歴を本気になって、すすめる者もいた。

「北村八太夫」

浪人は小万を見ると自ら名乗った。浪人は酒を飲んでいた。髭面《ひげづら》の眼の赤く濁った四十男だった。男の右の眼の下に小さなほくろがあった。小万がそれに眼をつけると、

「やはりこれが気になるか」

男はそう言って笑い出した。歯が何本か欠けていた。笑い終ると男はちょっとあたりを見廻して言った。

「お前の母親は喜和と言ったな、顔を覚えているか」

小万が答えられずにいると、

「よくは覚えておるまい、お前があの女に引き取られたのは、やっと片言が言えるようになった年頃だったからな」

「あなたは私の母を御存じなのですか」

小万は男の顔を見直した。荒れた顔だった。世の中から見放された顔だった。世間のかげからかげを腰の刀をたよりに渡り歩いている痩浪人《やせろうにん》というふうな人相の男だった。

「知っているとも、あの女とは一緒に寝たこともある。厚化粧で、年齢をかくすのがうまい女だった。妙に侍が好きな女で、あの女のまわりには、いつも浪人がうろついていた。内田平左衛門もそのひとりだった。ところでと、小万、おれはお前に聞きたいことがある。

小万を仇持ちの娘に仕上げたのは山田屋吉右衛門だろう。なんでも承知の上で、山田屋が客寄せのために仕組んだ芝居だろうと思うがどうだ」

「いいえ違います、旦那様《だんなさま》は……」

小万が言いかけると北村八太夫は、ばか者めと吐き出すようにおさえて、

「喜和という女はお前の実の母親ではない、貧に窮した人の子や、始末に困った私生児の女の子を貰い受けて、目鼻立ちがはっきりすると、右から左へ売り飛ばしていた女衒《ぜげん》屋だ。喜和がここを通ったのは、お前がまれに見る掘り出し物と見て、京都へ売りに行く途中だったのだ。喜和がどういう種類の女だかぐらい、旅籠の主人が分らぬ筈《はず》はない」

浪人は、小万の顔をじろりと見てから、思い当ることがあるだろうと言った。そう言われると小万の記憶の中に、ねえさんと呼んだ少女が一人浮び上った。喜和に着物を着かえさせて貰いながら、いいところへ行くのだよと小万に言っていたその女の子のことがおぼろげながら思い出された。

「すると、母が持っていた手紙の宛名の京都四条の河内屋六左衛門という人は？」

「そいつは女衒屋の元締めのような男なんだ、はっきりは分らぬが、儀兵衛という男が女衒屋だったから、河内屋という男も、多分そうだと思う」

小万は黙って聞いていた。嫌《いや》な男が来たものだと思ったが、その嫌な浪人者のいうこと

は、おそらく嘘ではないだろうと思っていた。

小万は不安な眼を上げた。

「なあ小万、おれはお前を種に一儲《もう》けやろうと思ってやって来たのだ。おれがひとこと喜和の素姓をしゃべってしまえば山田屋の芝居は滅茶滅茶になる。だから山田屋は、おれのいうとおりにいくらでも出す」

浪人は薄気味の悪い笑い方をした。

「それは困ります、うちの旦那様は、私がほんとうに牧野藤左衛門の娘だと思って……」

浪人は手をふった。

「心配するな、山田屋をおどかす前に、まだまだおれにはすることがある。山田屋などはいつでもどうにでもなる相手だから、そう急ぐには及ばない。それよりも問題の相手は……」

といいかけたがそれ以上は言わずに、突然、浪人は語調をかえて言った。

「小万、お前は自由の身になりたくないか、自分がやりたいと思うとおりのことを、やって見たくはないのか、――おれはきょう亀山の道場の武者窓から、お前の剣術を見ていて、つくづくとお前という女が不憫《ふびん》になった。お前は木偶《でく》だ。山田屋ばかりではないこの界隈《かいわい》のいい見せ物になっているのだ。右の眼の下に大きな黒子《ほくろ》がある内田平左衛門という男は、とうの昔に死んでいる。博打《ばくち》うちと喧嘩をして殴《なぐ》り殺されたのだ。頭を使うということを知らないばかな男だった。お前も、こんな安宿の客引きなんかしているよりは、江戸へ出るがよい、おれがつれていってやる。江戸は広いぞ、海よりも広い、そこでお前の運命はいくらでも開ける」

浪人はしんみりした口調で言った。

小万は浪人を警戒した。酒をつげと言ったが傍へはよらず、遠くから浪人の顔を睨《にら》んでいた。喜和が厚化粧の女だったり、浪人者を好んで引き入れていたり、小万のほかにも女の子がいたことなどの記憶から、おそらく、北村八太夫という男のいうことは、今まで彼女の耳にしたことよりも、遥《はる》かに真実性のあるように思われたが、小万に取ってこの浪人者は気の許せない相手だった。

四

伊勢には津の藤堂家三十二万石、桑名の松平家十万石の他に小藩が六つもあった。亀山藩は六万石で第三位に当り、久居《ひさい》の藤堂家は五万三千石で四位に当っている。江戸の殿中控えの間で久居の藩主藤堂左近高兌が亀山藩主の石川主殿頭総師に小万のことを尋ねたのは寛政七年（一七九五年）の八月初めである。

「亀山の加毛寛斎の道場には女剣士がいるそうですな」

石川主殿頭は困ったなという顔をした。久居の藩主の藤堂左近はなにかというと、本家の藤堂家を鼻にかけてものを言う。話をしていて、得をしたためしはない。

「小万という女だと聞きおよんでいます」

主殿頭は、よんどころなくそう答えた。知らないと言えば、自分の城下のことを知らないかと皮肉られるにきまっているからである。

「剣も強いが大変な美人だそうではないか、それに仇を探しているという評判だが……」

藤堂左近の声はまわりにいた藩侯たちがいっせいにふり向くほど大きかった。

「なに仇討ち、近頃めずらしいことですな……」

そう言ったのは、鳥羽の藩主、稲垣信濃守《しなののかみ》長続であった。まわりが関心を示して来ると、主殿頭としても黙っているわけにはいかなくなった。主殿頭は小万についてのおよその話をした。

「なるほど聞けば聞くほど心にこたえる話だな。だが、少々気の長い話でもある。小万が待っている仇が、うまく関か亀山へ来てくれればいいが、なかなかそううまい話にはなるまい。もっとも、その話が単なる作り話だとすれば、初めから仇は来る筈はない。どっちにしてもこの話は面白い。関と亀山を天下に売り出すにはもってこいの話だ」

藤堂左近は大声を上げて笑った。藤堂左近の声に合わせて笑うほどの迂闊《うかつ》な大名はいなかったが、左近の笑いは、その場の空気をひどくつめたいものにした。

石川主殿頭の顔が真青になった。領内のことではあるし、小万に剣術を教えている加毛寛斎は亀山藩士である。

「小万の話は作り話ではござらぬ」

主殿頭はいかりをこらえて言った。

「それなら尚《なお》のこと、早いところ仇を討たせてやった方がいいではないかな」

主殿頭は言葉につまった。主殿頭の額に冷汗が浮いていた。

加毛寛斎が国元家老の石川源右衛門に呼出されたのはそのことがあってから十日後である。

「小万に仇を討たせたらどうかな」

家老は寛斎に頭からおしつけるように言った。

「だが、相手の内田平左衛門の居どころはとんと計り知れず……」

寛斎はばかていねいに答えて家老の顔を見た。家老はひどく機嫌が悪そうだった。口をつき出すようにして、

「小万の仇討ちを至急相すませよと申しているのだ」

寛斎はそこまで言われてやっと家老の腹が読めた。なんでもいいから、小万の仇討ちは終了したことにしろと家老はいっているのだ。なぜ家老が急にそんなことを言い出したか分らないが、命令とあれば致し方のないことであった。

寛斎は道場に帰っても、小万の仇討ちで頭がいっぱいで落ちつけなかった。二組の弟子が道場で稽古をしていた。

(素質のないものはいくら教えてもどうにもならないものだ)

寛斎はいつも小万が坐っているひかえの方へ眼をやった。小万は武者窓に背を向けて坐っていた。覗《のぞ》く眼がうるさいから、寛斎がその位置を決めてやったのである。

武者窓には相変らず、人がたかっていた。ほとんどの眼は稽古を見ずに、小万の背を眺《なが》めていた。なぜこっちに顔を向けないのだろうかという眼である。小万が稽古に立上るのを待っているのである。それらの眼の中で小万の方を見ず、こっちを見ている眼があった。視線が合った。一見して浪人者と思われる痩《や》せた顔だった。浪人は寛斎にそそいだ眼をなかなかそらそうとはしなかった。意味のある眼だった。多分に挑戦的《ちょうせんてき》な眼でもある。浪人の眼が笑った。あざ笑ったとも思えるほどの笑いを残して浪人は武者窓から離れようとした。

寛斎はすぐそばにいる弟子のひとりに、武者窓にいる浪人者を呼んで来るように言った。

「ていねいにお招きするのだ」

寛斎は奥へ立った。道場の稽古を見て笑った浪人なら道場でたたき伏せてやるべきだったが、自分の顔を見て笑った浪人には直接会って、その理由を質そうとしたのである。

浪人は北村八太夫と名乗った。

「なにか拙者に言いたいことがあるでしょう」

寛斎は北村八太夫の顔を見すえて言った。

「大いにありますな」

「言って貰いましょうか」

「言ってもいいがあなたは怒る。怒って拙者に斬《き》りつけると、この道場ばかりでなく、あなたの藩主の名にもかかわることができる」

「なにかのいいがかりだな、話すがいい、怒っても刀は抜かないと約束しよう、場合によっては、貴公の要求に応じてもいい」

寛斎は腰の刀を刀掛けに置いた。

「亀山藩では小万という私生児を仇持ちの娘に仕立てあげようとしているという噂がある」

北村八太夫はずばりと言った。

「証拠は」

「拙者が証拠だ。拙者は小万の母だと名乗っていた喜和という女の素姓をよく知っている。喜和が私生児を貰い受けて育て上げたのが小万だ」

寛斎はぎくっとしたような顔をしたが、すぐ、

「だが、久留米藩では、牧野藤左衛門が内田平左衛門に斬られたことは認めている」

とやりかえして北村八太夫の次の言葉を待った。

「それは事実だ。しかしその話と小万とは関係がない。内田平左衛門は喜和の情夫だったから、喜和は内田からその話を聞いたのだろう。その内田平左衛門も既に死んでいる」

北村八太夫はそれだけいうと、しばらく口を噤《つぐ》んだ。加毛寛斎の動きを見ているようだった。

「なるほど、一応もっともらしく聞えるけれど、そうだという物的証拠がなにかあるかな、あれば貴公の話を、貴公の言い値で買ってやろう。どうだ」

寛斎に、そう高飛車に出られるとは思っていなかった北村八太夫は、意外だという顔をした。

「それよりももっと確実に金の儲かる仕事を考えたらどうだ」

寛斎の眼が生気を帯びて来たように見える。寛斎はいくらか前かがみになって、

「北村氏、実は折り入って貴公に願いがある。やはり小万のことだ。仇が討ちたくとも仇が死んだのではけりがつかなくて困る。そのために、貴公が仮に内田平左衛門になって貰えないか、ちょうど貴公の右の眼の下に黒子もある。仇討ちだ仇討ちだと人が集まって来たところで、この町の慈恩寺《じおんじ》の和尚《おしよう》が止めに入る。仇を討ったり討たれたりの世の無常を和尚が喝破《かつぱ》する。内田平左衛門は前非を悔いて、その場で坊主になるのだ。いや坊主になったように見せかけるために髻《もとどり》を切るだけでいい。それで芝居は終る」

北村八太夫は寛斎の顔を見たまま、しばらく考えていた。

「なるほど、でその芝居はいくら出すつもりだ」

「望むがまま……」

「百両所望いたす。亀山藩の名誉とならば安いものだ、ただし、前金として、ただ今五十両貰いたい、疑っては悪いが、もしもということがあってはならないから、拙者は拙者で身の安全のために浪人共を集めて置く。その金だ」

寛斎はその金に苦慮しているふうな顔で、先から先のことを考えていた。道場の方から、小万のえいっ、やっという声が聞えて来た。寛斎の眼が光った。

「十両なら今直ぐ御用立てしよう、あとの四十両は明日のこの時刻に、ここでお渡し申す。そして仇討芝居の時刻は明後日のこの時刻、札の辻といたしたい」

寛斎は手をたたいて門弟を呼ぶと、奥から十両を持って来ることと酒肴《しゅこう》の用意を命じた。

門弟が紙に包んだ金十両と、酒の用意をして現われると、

「お毒見をつかまつるごめん」

寛斎はその酒を自らの盃《さかずき》についで飲んでから、同じ盃を北村八太夫にすすめた。門弟はそれを横目で見て部屋を出ると、代稽古の川野兵部に寛斎が毒見酒を飲んだことを告げた。客に対して、寛斎が自ら毒見をするということは、客が危険な人物であるから警戒しろというこの道場の暗号であった。暗号は手の叩《たた》き方とか、人の名の呼び方、口のきき方などに多く用意されていたが、毒見酒はその中でも特に重要な意味を持っていた。当時、武者修行と称してしばしば訪れる、あやしげな人物や道場荒しに対する防衛手段であった。

「静かですな」

酒を飲んでいた北村八太夫が盃を置いて言った。

「そろそろ道場のしまう時刻ですから……」

寛斎はなんとなくそう答えたが、既に北村八太夫は起ろうとするものを察知したようであった。

「御無礼をつかまつった」

北村八太夫は突然立上ると、滑るように廊下へ出ていった。廊下には誰もいなかったが

玄関へ出るところの六畳のたまりには屈強な門弟が、こっちを向いて坐っていた。

ふりかえると刀を持った寛斎が既にうしろから歩いて来る。

「小万、内田平左衛門だぞ、お前の父の仇内田平左衛門はこの男だ。証拠の右の眼の下の黒子をよっくと見よ」

寛斎は大声を上げて怒鳴ると同時に刀を抜いて、今度は門弟たちに向って言った。

「義によってわれわれ一同は小万に助太刀をするぞ」

小万はただふるえていた。父の仇だと言っても、北村八太夫に斬りつけられるわけがない。小万にとっては思いもよらぬできごとだった。それに、彼女は刀を持ってはいなかった。

代稽古の川野兵部が自分の脇差《わきざし》を抜いて小万に握らせた。

「小万、さあ名乗りをあげろ」

寛斎にそう言われたが、小万は立てなかった。

かあっ、という気合と共に、小万の眼の前で火花が散った。すきを見て逃げ出そうとする北村八太夫に斬りつけた寛斎の刀を北村が刀のさやごとよけたのである。次の瞬間、黒い二つの塊は道場の外へ飛んだ。

助太刀をせよと言われたが、なにをしていいのか分らずに坐っている門弟の頭の上を北村八太夫が飛び越え、その後を寛斎が追った。

その時になって弟子たちはやっと刀を抜いた。剣術は上手でないが、走るのが速い門弟が逃げていく北村八太夫を追っていって、背後から斬りつけようとした。八太夫が身をかがめて横に払った刀で、その門弟は胴を斬られた。しかし、その間に、北村八太夫は寛斎の門弟に完全に包囲された。

北村八太夫は死にもの狂いで刀をふり廻した。その刀に寛斎の門弟の幾人かは傷つき、同時に北村も、傷を負った。

「人違いだ、おれは北村八太夫だ」

それも言葉にはならなかった。北村八太夫は眉間《みけん》に傷を受けて、血が眼に入った。やがて肩も斬られ、高股《たかもも》も深く切りこまれた。

彼は全身から血を吹き出しながらも、まだ刀を持ったまま立っていた。口だけは動いていた。人違いだと叫びつづけているのだが、それはもう誰にも聞き取れないほどの声だった。刀を持っているのは死ぬまで戦うという意志の力ではなく、血糊《ちのり》が彼の手に刀を膠《こう》着《ちゃく》させているに過ぎなかった。

「小万、さあ、立派に名乗りを上げて、父の仇を討て」

小万は何度かその言葉を聞いた。わあっという喊声《かんせい》が小万の耳を打った。付近は黒山のような人だかりだった。

「小万、敵はもう半分死んでいる、刀をかまえたまま突き当ればそれでいいのだ」

川野兵部が小万の耳もとで言った。

「小万、なにを愚図愚図しているのだ、父牧野藤左衛門の一子小万だとなぜ名乗って一太刀つけないのだ」

寛斎の怒鳴る声の中で、ひとこと小万の耳底に感じたものがあった。父牧野藤左衛門という言葉だった。小万の口が開いた。

「わらわは牧野藤左衛門の一子小万なり、内田平左衛門、尋常に勝負勝負……」

それは母という女喜和が幼い彼女に教えこんだ文句だった。言わないとぶたれるから覚えたことばであった。それが、この場所で、なぜ飛び出したか、彼女にも分らなかった。

ただ小万は、そうしなければ、誰かにぶたれるような気がした。彼女の真赤な頭の中でそう判断していた。

(自分には、自分がないのだ、人のなすままにされているのが自分なのだ)

そんな理屈が頭に浮ぶと、持っている脇差がいやに光って見えた。その先の方からこちらに向って、眼を見開いたまま倒れかかって来ようとする血だらけな男がいた。

「それいけ!」

川野兵部におされて小万はそのまま前にのめるようによろめいた。小万の脇差に北村八太夫の身体がかぶさって来た。

「見事見事、関の小万は父の仇を討ったぞ、仇の内田平左衛門を見事にしとめたぞ」

加毛寛斎の声を聞きながら、小万は意識を失った。

小万の仇討ちをした日は明らかでない。寛政七年八月十七日という説もあり、寛政十年の二月十五日だという説もある。

小万の仇討ちによって関の小万と山田屋と亀山の加毛寛斎の道場は全国に知れ渡った。小万は英雄の座についたが、少しもそれを喜んでいるふうはなかった。その後の小万は一層無口になり、ひとりでいることを好む女になった。小万がひそかに人にたのんで調べた京都四条の河内屋六左衛門も既に故人であり、儀兵衛という男を探し出すつるはなくなった。彼女に縁談をすすめる者があったが、彼女は、ろくろく相手のことを聞かずにことわった。ことわる理由を聞いても彼女は答えなかった。山田屋に気兼ねしているのだと世人が言った。しかし山田屋がすすめても小万はうんと言わなかった。

小万は縁談をことわることだけは自分の意志でできることにひどく満足していたようであった。

小万は二十六歳で死んだ。彼女の母という女と同じ肺炎であった。

小万の墓は三重県鈴鹿郡関町稲蔵寺にある。妙証《げんしょう》信女享和三亥年正月十六日山田屋小万と書いてあるほかは墓碑が磨滅していて判読できない。

山田屋は後、会津屋に変り、その家は今も関町にある。二階建ての古い家である。階下にはその辺ではまれに見る立派な理髪屋さんが開業していた。

小万の伝説として広く歌われた俗謡が今もこの地方に残っている。

関の小万が亀山通い
月に雪駄《せった》(踏)が二十五足

天狗火事

一

享和三年（一八〇三）三月二日、信濃の山の中の季節とすれば、ひどく暖い日であった。守屋十郎左衛門は枯草に腰をおろして、かぶっていた笠を取り、額の汗を拭きながら、彼から、数尺下の枯草の上に並んで腰をおろしている、根森左内、安藤多右衛門、戸部半蔵の三人に声をかけた。

「くたびれ儲《もう》けというところかな」

彼は三日間の予定で山に入って以来、これと言って特別のできごとに出会わなかった結果についてそんなふうに言った。無事、山見廻りの役はすんだ、くたびれ儲けだったが、まずこれで一安心、そんなふうな安堵《あんど》の気持が言外にあふれていた。

「はい、山は例年のごとく平穏無事でございます」

根森左内は上役の守屋十郎左衛門に答えておいて、直ぐ彼の隣に腰をおろしている安藤多右衛門に、

「全然仕事にならんな」

と小声で言った。盗伐の形跡はない、原生林は太古のままで静穏である。農民は藩命を守って、鉈《なた》で切れるだけの木しか切っていない。広い山の中のことだ、鋸《のこぎり》を使って、十本か二十本の木を切ったところで、そうたやすく見つかるものではないのに、鉈以外使ってはならないと達しが出れば、そのとおりにする。こういう領民に対して根森左内は意気地のない奴等だ、全く歯ごたえのない愚民どもだとでも言いたそうな顔だった。

「なにもない方がいい、一本や二本の木のことで、百姓共をおどかして見たところでせんもないことだ」

安藤多右衛門は根森左内にそう答えて置いて、彼の左側に坐っている戸部半蔵に、なあと声を掛けた。同感の意を表わせと誘ったほど意味のあってのなあではなく、なんとなく口からひょいっと出た感じの言葉だった。

「そうだな……」

戸部半蔵は安藤多右衛門のなあに同意を示したような、示さないような、生はんかな答え方をしたまま、前を向いていた。

「われわれは遊山《ゆさん》に来たのではない」

根森左内の声がやや高かった。額の汗を拭いて笠をかぶり直した守屋十郎左衛門はその声で、三人の方に注意を向けた。連れて来た、若い部下が、なにか議論でもしそうだなと思った。黙って聞いていてやったら、必ず言い合いになる、そんな感じだった。守屋十郎左衛門は、ちょっと唇をまげて微笑した。

「そうだ遊びに来たのではない。それは山の見廻りに来たのだから、なにか一つぐらい土産物が欲しいだろう……ところが、根森、山は相変らずだ、どこを向いても、山の掟を破った形跡はないな」

安藤多右衛門は両手で山を撫でるような恰好をしながら言った。山は春を迎えようとしていた。葉芽《ようが》はふくらみかけ、山全体に春の活気がみなぎっていた。

安藤多右衛門の言葉には少々揶揄《やゆ》が含まれていた。だが根森左内はそれ以上言うべきことはなかった。実際、なにもなかったし、ここで上役の守屋十郎左衛門が帰ると言えば、そのまま帰城するだけのことである。

「馬ではないかな」

黙っていた戸部半蔵がゆびさした。彼等四人が坐っている、前の尾根を越えた向うに確かに馬の背が見えた。

「馬だ、馬が一匹おる」

根森左内は立ち上って言った。意外な発見に喜んでいる顔だった。

「馬が一匹居るなら人も一人以上はいるだろう」

安藤多右衛門は坐ったままでひややかに言った。

「安藤、なにを拙者に言いたいのだ」

根森左内は安藤多右衛門の顔を見据えて言った。

「馬がおれば人が居る。そやつが、鋸を持参しておるかどうか、入山許可の鑑札を所持しておるかどうかを貴公は確かめに参ろうと言うのだろう、勿論拙者も同道つかまつる」

安藤多右衛門は立ち上った。安藤が立ち上ると、それにつられたように戸部半蔵も立ち上り、三人は揃って、手をかざして、尾根の向うを眺めていた。

「見てくることにしようか」

守屋十郎左衛門は若い二人の部下が、らちもないことを言い合っているのを黙って聞いてはいたが、人馬が見える以上、念のため調べて見ても無駄ではないように考えていた。三日間の無聊《ぶりょう》を癒やすにもいいし、尾根を一つ越えるということが、そうたいして面倒なことでもなかった。

守屋十郎左衛門は、三人の部下の後からゆっくり歩いていった。

尾根のいただきから見ると、一頭の駄馬が笹の葉の中へ首を突っ込んでいた。そこからそう遠くない、南面した岩の根っ子の枯草の上で百姓がひとり、眠っていた。枕元に鉈がほうり出してあった。

「鉈だよ、鋸は持っておらないな」

安藤多右衛門が根森左内に言った。禁制の鋸を持っていない以上、とがめるわけにはいかない、後はその男が入山許可の鑑札を所持しているかどうかだった。根森左内は寝ている百姓の身のまわりに眼を配った。

「鑑札は馬の鞍に結びつけてあるぞ」

安藤多右衛門の観察は根森左内の先廻りをしていた。

「残念だったな根森、こうなったら、もうすることがないぞ、しいて貴公に出来ることとすれば、貴公自身が天狗に化けて、あの百姓をおどかして見ることぐらいだ、貴公の鼻なら、やって出来ないこともなかろう」

根森左内の鼻は人並みはずれて高かった。高いばかりではなく、いくらか赤味を帯びていた。その鼻と彼の大きな眼との関連から来る想像で、天狗と綽名《あだな》をつけられてもそう外れてはいない容貌をしていた。天狗と綽名をつけたのは誰だか分らないが、根森左内は天狗と言われることをひどく嫌っていた。同輩の安藤多右衛門とあまり仲がよくないのも、安藤多右衛門が根森の気持を察せず、平気で天狗という言葉を使うからでもあった。

「どうだ根森、ここで本ものの天狗となってあの百姓をおどかして見るか」

「やってもいいが、あの百姓が拙者の姿を天狗と見たら、貴公はどうするつもりか」

　根森左内は安藤多右衛門が、何度か口にした天狗という発言に対する責任を追及するように眼を向けた。いかりを飲みこんだ顔だった。

「どうするつもり？」

　安藤多右衛門はその時になって、少々根森左内をからかい過ぎたなと思った。根森左内が浮べている怒気をどうしてやわらげたらいいか、適当の言葉を探しながら、傍に突立っている戸部半蔵を見た。しかし戸部半蔵は知らぬ存ぜぬの無感動の顔をして春の陽気に当っていた。安藤多右衛門は上役の守屋十郎左衛門の方をふりむいた。守屋十郎左衛門は赭顔《あからがお》に微笑を浮べながら二人の部下の妙な口論の成行きを眺めていた。守屋の微笑を見て取ると、安藤多右衛門はやや力を得たもののように、

「貴公が見事に天狗になりおおせたら、拙者の腰のものを進呈しよう」

「よろしい、失敗したら拙者の脇差を貴公にやる、しかと約束したぞ」

　根森左内は、二、三度念を押してから、肩に斜めに背負っていた食糧入りの背負い袋をおろすと、中から、黒塗りの合せ飯盒箱《はんごうばこ》を出して、中身をあけ、箱に小柄《こづか》で穴をあけて、ひもを通して頭に戴いた。

　根森が本気で天狗に化けようとしている意志が、やや明瞭になって来てから、今まで黙

って見ていた戸部半蔵が言った。

「よせよ、ばかばかしい」

「ばかばかしいことは初めから分っておる……」

そう言いながら根森左内は矢立ての筆で、顔に墨を入れることを戸部半蔵に求めた。戸部半蔵は筆を取って、守屋十郎左衛門に眼で伺いを立てた。どういたしましょうかという顔である。やめろと一言強く言って下さればそれで済むことですが、こうなるとこの二人の悶着《もんちゃく》の成行きもなかなか面白そうですねという誘いの眼でもあった。

「筆を持った以上は、筆を使いたいのだろう」

守屋十郎左衛門は戸部半蔵の眼に答えると、石に腰をおろして、腕を組んだ。

（やれ、拙者が検分してやる）

そういう姿勢だった。

戸部半蔵の筆先が、根森左内の顔に触れた時から、戸部半蔵の眼に活き活きとした色が浮び出した。戸部半蔵は、根森の顔をいくらかでも具合よく天狗に作りかえることによって、この奇妙な賭けごとの成果を期待しているようであった。

二

「こらっ、百姓眼を開けろ！」

男の眠っている傍の岩の上に立って怒鳴った根森左内の声は山峡にびりびり響き渡った。

「俺はこの山の天狗であるぞ、貴様の名前はなんという、またなんの用があってこの赤渋山へ参ったのだ」

眠りこけていた男が起き上って、岩の上に眼をやった時、根森左内は再び大喝をくらわせてから、持っていた倒木の杖で岩の頭を叩いた。岩はくずれ落ちて、平伏している男の周辺にぱらぱら落ちた。それが男には百雷の音にも聞えたであろうか、名は善兵衛、上之《かみの》諏訪《すわ》の百姓で、薪を取りに参りましたと答える声も恐怖にふるえていた。

「上之諏訪の善兵衛か、善兵衛が信心深き者であることは聞き知っておる。その善兵衛ならば折入って頼みがある。これから直ぐ戸隠山《とがくしやま》の刀利《とり》天狗殿のところへ使いに行って貰いたい。今宵上之諏訪に天狗の火祭りがあると伝えて貰いたいのだ。直ぐ行くのだ」

直ぐと言われて善兵衛は顔を上げて、なにか言った。これから直ぐに戸隠山へ行けと言われても、どうにもなりませんと抗弁しているようだったが、怖さで言葉にはならなかった。

「いやだと言うのか、天狗の命令にそむけば命がないぞ」

根森左内の足元から石ころが落ちた。善兵衛は、声もなく平伏したまま、がたがたふるえ出した。

「いいか善兵衛、よっく聞け。眼を閉じて大きな声で、南無神変大菩薩の七文字を繰返し唱えるのだ。貴様の身体は雲の上を飛んでいって、戸隠山の刀利天狗殿の前へ出る。刀利天狗殿から声がかかっても、眼を開いてはならない。途中で眼を開けば雲から落ちる。刀利天狗殿の姿を見たら眼がつぶれるぞ」

根森左内は二、三度同じことを繰返してから、善兵衛に行けと命じた。善兵衛が、南無神変大菩薩を唱える声が、しばらく続いていた。

根森左内が刀利天狗になり切って善兵衛に声をかけた位置は、岩のいただきからさがった、松の根元であった。意識して言っているのか声色まで、前と違っていた。

「御苦労だったな善兵衛、今宵上之諏訪に火祭りがあっても、お前の家には、わざわいはないようにしてやろう、眼をしっかりつむって、南無神変大菩薩を唱えるのだ、お前の身体は赤渋山へ帰りつくことができるぞ、着くまでは眼を開けるでないぞよ」

前よりも増して高い声で南無神変大菩薩を唱える善兵衛をそこに残して、根森左内は、木のかげへ姿をかくした。善兵衛の坐っている場所を大きく迂回して、三人の待っている尾根のいただきに来るまでにはそう時間を要しなかった。

善兵衛の声はまだ聞えていた。天狗と信じこんで唱えている声であった。善兵衛の声の高低に応じて、峡谷の春の空気がふるえていた。

「本当にだまし切ったな、ばかなことをしたものだ……」

守屋十郎左衛門は帰って来た根森左内をきつい眼で睨んでから、早くこの場を退散するように三人に言った。

三人は山の中を無言で歩いていた。先頭に立っている守屋十郎左衛門の足の早さが、彼の心の中を示しているようだった。

本道に出てから守屋十郎左衛門は足を止めて、三人を振りかえって言った。

「善兵衛をだましたことは口外してはならぬぞ。恥だ。われわれ四人の恥ばかりでなく、高島藩の恥になる」

守屋十郎左衛門はひとりひとりの顔に念を押すように言ってから、

「しかし、面白かった。白髯《しらひげ》もない、羽団扇《はうちわ》も持っていない天狗だったが、見ている拙者にさえ、天狗に見えた。一つの芸だな、ああなると」

「守屋様、芸でやったことではありません。意地です、武士の意地からです」

根森が言った。

「意地か、成る程、それでもいい」

守屋十郎左衛門は安藤多右衛門を見た。安藤多右衛門が約束どおり、刀を根森左内に与えればよし、もしこばんだら、とんでもないことが持ち上りそうな気がした。

「約束した以上、諏訪へ帰ったらこの刀は必ず根森に進呈しよう。だがよく、とっさの場合、ああいう文句が出たものだ。文句も文句だが、やっぱり鼻だ、根森の天狗鼻が、あの百姓をばかしたのだ」

安藤多右衛門は根森の鼻に対して憎悪感でも抱いているような言い方をした。

「その話はもうやめろ」

守屋十郎左衛門は二人に言ったものの、二人の間がこれで済むものではないと思っていた。なにか固いものが奥歯にはさまった気持だった。

四人が赤渋山から上之諏訪へ帰ったのは、六つ時（午後六時）、それから守屋十郎左衛門は湯に入り、食事を終り、山廻りの報告書を書こうと机に向った時に、半鐘を聞いた。五つ半（七時）を過ぎたばかりだった。火事だという家人の声を聞いた時、守屋十郎左衛門はぎくっとした。赤渋山で根森左内が演じた、天狗問答を頭に描いていた。

（今宵上之諏訪に火祭りがある）

根森左内のでたらめが現実となって起ったことを奇怪に感じた。庭に出て見ると、火の粉が高く上っていた。南東の強い風が吹いていた。

（大火になるぞ）

彼は胸の動悸を感じた。眼の前の火事が、彼と何等かの関係を持つもののような気がした。赤渋山に同行した三人の部下の顔が次々と思い浮んだ。早鐘の乾燥した音が心に痛くひびいた。

この火事の記録を当時の留書《とめがき》に見ると、

享和 癸亥《みずのとい》三月二日、諏訪高島藩御城下高国寺裏、後家より出火致し、直に貞松院に移り、大火に相成……寺四つ、造酒屋五軒、家数六百七十三軒、総数千八百余、棟数千七百四十程焼失候、御上様より白米四十二俵、塩五俵一斗、薪二十五駄下され候、焼け候者に、粥《かゆ》三日分下され置かれ候、炊出し法光寺にて河内屋長左衛門……

守屋十郎左衛門は火事場での一方の指揮を執りながら、たえず頭に去来するのは、赤渋山での根森左内がやった、天狗問答であった。偶合《ぐうごう》とするには、あまりにも薄気味の悪いことであった。

大火は夜明けと共に収まった。大火の後始末についての仕事の分担が高島藩の家老から、主だった藩士に命ぜられた。守屋十郎左衛門に与えられた任務は火元取調べであった。

家老がこの職務を守屋十郎左衛門に与えたのは、火事の当夜、守屋十郎左衛門がいち早く、要路の角々に人を立たせて、厳重な警戒網を張ったことが眼にとまったのであろう。

守屋十郎左衛門は法光寺の奥の間に仮の取調所を設けて、この処置に当っていた。

「山から帰ったばかりで疲れていたところを大変だったな」

守屋十郎左衛門は根森左内、安藤多右衛門、戸部半蔵の三人を呼んで言った。三人共、火事場の整理に一晩駈け廻ったので、眼を真赤にしていた。

「ところで三人に、引続き、頼みたいことがあるのだ、実は……」

と言って、彼は周囲を気にした。寺の庭の方では炊き出しをしているらしく、騒々しかったが、奥の間はひっそりとしていた。

「拙者は火元取調べを命ぜられた。今朝までに分ったことは、火元は後家すてと申す女の家、すては焼死いたした。死因について藩医玄斎の見立てでは他殺の疑いはない、おそらく、火を消そうとして、自らの着物に火がついたものだろうということである……」

彼は話をしながらも、三人の顔を等分に見くらべていた。

「火元取調べの結果は以上のようであるが、拙者が拝命した火元お取調べの儀は、これ以上のことだ、分るかなこれ以上のことというのは」

彼は三人の視線を自分に集めてから、

「諏訪の城下では既に今度の火事を天狗火事と申し伝えている」

十郎左衛門は低いが底力のこもった声で言った。根森左内がいく分か身体を前に乗り出した。安藤多右衛門は眼にごみでも入ったような瞬《まばた》きをした。戸部半蔵の表情は変らなかった。

「火は一夜にして城下の過半を焼いた。その火勢と共に、この火事は天狗の火祭りだ、天狗火事だという噂が城下の隅々にまで行き渡っている。口から口へだ。おそるべき速度で噂は伝播《でんぱ》していったのだ」

十郎左衛門の口調はいささか演説口調でもあった。

「拙者が取調べなければならないことはこのことである。一体、天狗火事、天狗の火祭りなどということがありようがない。これが単なる噂であればよいが、もしそうでないとすれば大変なことになる。それに吾々四人は、この噂の出どころについて夫々《それぞれ》心当りがある。赤渋山での天狗狂言が発端となっての大火だったとすれば、われわれは覚悟をしなければならないだろう。急を要する。三人は三人の裁量で夫々別個に、出火原因について、取調べて報告して貰いたい。だが、三人の者にもう一度念を押して置くが、赤渋山での天狗狂言は飽くまでも四人だけの秘密として心に抱いておるのだぞ」

十郎左衛門はそこに坐っている三人の部下を疑ってはいなかったが、決して信用してもいなかった。ただ、取調べの条件は三人に対して同様でありたいと思っていた。

彼はこの火事の原因が単なる失火ではないと考えていた。今までのところ、そう根拠づけられるなにものもなかったが、直感的に臭みを感じていた。

三

根森左内が守屋十郎左衛門の自宅を訪問したのは、火事の夜から数えて三日目の夜おそくであった。根森左内が玄関に立って、十郎左衛門の家人に、至急に御報告申し上げたい儀があって、夜分にかかわらず伺いましたと言っている声が、奥にいる十郎左衛門によく聞えた。いつもの根森左内の声ではなく、周囲をはばかって言っている声にも、用件にもったいをつけている声にも聞える。とに角根森左内がなにものかをひっさげて来たようであった。

「調べがついたのか」

「一応はすみましたから、早速報告に参りました」

「至急というのは……」

「勿論、考え方によっては今夜のうちにも手配を要するかとも思いまして」

「言うがいい」

十郎左衛門は根森左内に真直ぐ視線をそそいで言った。

「後家すてという女は、三年程前に諏訪へ来た刀商左次郎の妻で、本年三十歳……左次郎が去年の春、風邪がもとで死んでから、もんという雇い老婆と共に高国寺の裏に一軒借りて住んでおりました」

根森左内の調査は、焼死したすてという女を中心として運ばれていた。話す順序も筋が立っていて、遅滞がなかった。

刀商左次郎は生存中、金貸しをしていた。表面《おもて》立ったものではなく、乞われるままに、小金を用立てしていたもので、相手は微禄の藩士と決っていた。左次郎の死後、後家のすては、夫の貸金の取り立てを引継いでやりながら、彼女自身も小金を貸し出していた。少額の金を低利で貸し出していたから、若い藩士の間には評判がよかった。

「今年になってから後家すての家へ出入りしていた藩士の名前はこのとおりでございます」

根森左内は人名の書いた紙を出した。真先に根森左内の名前が書いてあり、続いて安藤多右衛門他数名の名が書かれていた。一番最後に戸部半蔵の名前が書いてあった。

「戸部半蔵の名前を最後に書いたのは」

「戸部は今年になってから一度も、すてのところを訪問してはおりませぬが、昨年は何度も行ったことがあります。今度の場合は、われわれと同様一応注意を要する人間と思いまして」

　根森左内はもっともらしい顔をした。

「なるほど、天狗狂言を知っている者として特別扱いをいたしたのだな。で、後家すての出火当時の模様はどうであった」

「老婆のもんからよくよく聞き取りました。もんは私が左次郎に世話をして住みこませた女であり、年こそ取っているが、中々のしっかり者、口も固いし、眼も耳も若い者には負けませぬ」

　諏訪の生れではなかったが、温泉が好きであった。湯にいくと小半時は帰らなかった。それだけが彼女の趣味であったから、すても許していた。当夜もんが、家を出ようとした時に、玄関口で安藤多右衛門に会った。もんは客だから、湯はやめようかと一時は迷っていたが、いいからとすてに言われて湯に出掛けていった。もんが湯から上って着物を着ている時に火事は起ったのである。

「もんはそのことを、貴公以外の者にしゃべったか」

「いえ言いません、もんは言っていいことと悪いことをちゃんと心得ております。そのことを言えば、場合によっては……」

根森左内は言葉を慎しんだ。

「場合によっては、どうしたのだ左内」

「という意味は安藤多右衛門があやしいと睨んでの言葉だな。それだけのことで、安藤を疑っていいのか、当夜出火の際安藤は何処に居た」

「拙者同様長屋におりました。火事だという声で外へ飛び出すと、安藤多右衛門と、続いて、戸部半蔵が長屋から飛びだしました」

「すると三人とも火事場にはおらなかった」

「見掛け上はそのように見えますが」

そう言いながら根森左内は火事場付近の見取り図を出した。三人の長屋は高国寺の広い墓地を間に挟んで、後家すての家の反対側にあった。幸い風上だったから、火事をまぬかれたが、墓地を通れば、後家のすての家までは、半丁とない距離であった。

「安藤多右衛門が、後家すてを殺して、火をかけ、長屋にもどって知らん顔をしていたとでも申すのか」

それには根森左内は答えなかったが、十郎左衛門に同意を示す表情が眼付きに現われていた。

「後家は美人だったか」

「はい、ぽっちゃりと固肥りした色の白い女でございます」

「くわしいな、貴公、その後家のはだかを見たな。藩士は、町人百姓どものいく、混浴場へは行ってはならぬことになっている、馬鹿者め……」

十郎左衛門は根森左内を叱って置いて、すてと安藤多右衛門となにか関係があったかと聞いた。

「いえ、すては貞女でございます。左次郎の死んで以来、浮いた話は一つもございません」

と言ってから、これはもんが保証しているから確かですとつけ加えた。

「死んだ女のことをひどく弁解するな、小金があって、美人で、ぽっちゃり肥って、肌が色白で、独身の藩士が、はだかを見に混浴場まで、でかけるほどの三十女が、ひとりでおられるかな、男がなくて、後家が立てつづけられるかな」

十郎左衛門の直視に会うと、根森左内は、むっとしたように、形を正して、膝に手を置いた。根森左内が、そういう気張った恰好をすると、彼の鼻はいよいよ高く見える。鼻の先が赤く光っていた。

「後家すては、貴公の鼻についてなんと言っておった。触って見たいとでも申さなかったか」

根森左内の顔色がさっと変った。御冗談をと言いながら、十郎左衛門の視線をのがれるように下を向いた根森左内の顔の動きを見ながら十郎左衛門は、おそらく根森左内は後家すてに尋常でない感情を抱いていたものと推定した。

「安藤多右衛門は約束通り、刀をそちに渡したか」

十郎左衛門は話題をかえた。

「確かに貰い受けました」

そうかと、十郎左衛門はしばらく考えこんでいたが、疲れたろうから帰って休むようにと静かな口調で部下をねぎらっていた。

四

翌朝十郎左衛門の出仕を戸部半蔵が待っていた。

「拙者は天狗火事の噂について元を正して歩き廻りました」

戸部半蔵の報告の第一声は、守屋十郎左衛門にはやや意外であった。おそらく戸部半蔵も、根森左内と同じように、焼死した後家すての身元を調査して来るものと考えていた。

当てがはずれて、十郎左衛門は思わず半蔵の顔を見た。

「噂の内容のあらましは赤渋山の天狗狂言とほぼ同じものでございますから、出どころは百姓善兵衛の口から出たものでございましょう、だが不思議なことに噂の内容に相違した点がございます」

戸部半蔵の調査によると、善兵衛は、正直善兵衛と言われるほどの男で、近隣での評判は至極よかった。火事の当日善兵衛は薪を馬に積んで家に帰り、食事後湯に行ってから、山での出来ごとを人に話した。話している最中に本当に火事が起ったのである。

善兵衛の見た天狗は鼻がすこぶる高く、頭に冠をいただき、手には金剛杖を持っていた。上之諏訪の火祭りを戸隠山の刀利天狗に知らせに行ったことも、天狗狂言の内容通りであった。

「城下に流布されている噂の内容を調べましたところ、大体は善兵衛が湯で話した内容と同じですが、天狗が手に持っていたものが違います。一部では天狗が金剛杖で岩をくだいて見せたといい、一部では大木をねじり切って杖にかえていたと申し伝えております」

戸部半蔵は杖の相違が、いかにも大発見のように言った。

「巷間の噂だ、口から口へ伝わっていく間に多少の変化はあろう」

「これは根本的の問題です。善兵衛の眼には杖が金剛杖と見えたからそう申したのでしょう。噂となって流布されるには、金剛杖であって少しも変でないのにわざと自然木をねじ切ったというふうな別の噂が飛んでいるのは非常におかしい」

戸部半蔵は彼の発見を誇示しているようにも見えた。

「それも一つの理屈だ、それで……」

「つまり、噂の源泉は二つあったのです。善兵衛以外の誰かが、天狗の持っていた杖が金剛杖でないことを知っている者が木の杖の噂を放ったのです」

「われわれ、四人のうち誰かがそれを言ったと申すのか、固く口止めはしてある。なんのためにそれを言わねばならなかったのだ」

「それは分りませぬ。出どころは今まで探し回ったがわかりませぬが、やがては必ず突き止めます」

十郎左衛門は戸部半蔵の報告を聞きながら彼が常になく雄弁であるのに気がついていた。いつもの半蔵ではない。いつもの半蔵ならば、ゆっくりと二言三言言っては、相手の顔の動きを窺うようにじっと見詰める癖がある。今朝にかぎって、半蔵はそれをしない。珍しくべらべらとしゃべりまくるのは巧名をあせっているのだろうか。

「後家のすての身元は調べたろうな」

すての身元ですかと、半蔵は、あまり興味がなさそうな顔をしたが、十郎左衛門が藩士たちに小金を貸し出しているそうだがと水を向けると、

「既に、根森か安藤の報告にもございましたでしょうが、最近後家すての家へ出入りしている藩士の名は……」

半蔵の言う人の名前は根森左内が書いてよこした人名と同じだったが、ただひとり、戸部半蔵自身の名前が抜けていた。

十郎左衛門は別にそのことは追及せず、

「貴公は出火の折、どこに居たかな」

と、聞いた。

「長屋におりました、火事という声を聞いて飛び出して見ると」

「根森左内と安藤多右衛門がそこにいたのだな」

はいと答えてから戸部はなにか言いたそうな顔をした。例の人の心を覗き見するような眼付きだった。

「根森左内と安藤多右衛門は赤渋山から帰って、ずっと長屋で休養しておったかな」

「よくは存じませぬが、出火のほんのしばらく前に根森左内の長屋を覗きましたが、彼は居りませんでした」

「根森と後家すてとの間に金銭以外のなん等かの関係があったであろう」

守屋十郎左衛門は突然おっかぶせるような高い声を上げて、戸部半蔵を睨んだ。嘘を言うひまを与えない瞬間的な切り込みだった。

「それは、そのようなことは……」

戸部半蔵は、みじめなほどの狼狽ぶりを見せていた。知ってはいるが言えないのを強いてかくそうとして、膝から放した両手の置きどころを失ったようなあわて方であった。そのあわて方が作りごとのようなあわて方に見えた。

十郎左衛門は冗談だと笑いにごまかしながら立ち上って、供の者に馬の支度をさせた。

焼野原と化した跡には既に再建の準備が始まろうとしていた。焼跡の整理にいそがしく働く町民の中に、呆然として焼跡に突立っている者もいた。希望を失った顔だった。

焼跡を一回りした十郎左衛門は焼け残った長屋の前で馬をおりて、長屋へは入らず、長屋の裏の墓地へ入っていった。墓地から、後家すての家の焼跡へ行くつもりだった。

墓場は大火とは無関係におし黙っていた。戒名のきざまれてある石の一つ一つが秘密を飲んだように沈黙していた。

十郎左衛門は後家すての家の焼跡に行くべき最短距離を選んで進んでいた。枯草の間から若草が芽を出していた。墓地に一人の男がしゃがみこんでいた。背中しか見えないが、はっぴのしるしで、石工《いしく》であることは分る。石工は背後に足音を聞くと、ひどく驚いたように振返り、その場をはなれて行った。間もなく、そう遠くないところから、石をうつ、金属性の響きがした。

十郎左衛門は石工のしゃがみこんでいた墓地へ行って墓石に刻まれた文字を読んだ。刀商左次郎の墓であった。

ほほう、彼は口の中でそう言うと、後家すての家の焼跡へ行くのをやめて、そのまま、石工の工事場へ行った。石工は、近づいてきた十郎左衛門を見ると、仕事をやめて挨拶をして、前のとおり仕事を始めた。

十郎左衛門は腕を組んだまま、黙って突立っていた。時々石工が眼を上げて、彼の方を見るが、十郎左衛門は一言も言わなかった。一刻でも二刻でも石工の仕事ぶりを見ているぞと言った顔だった。

石工の額に汗がにじんだ。手元が震えた。石工は、石のみと金づちをそこに置いて、

「お武家様、なにか私に御用でも……」

と言った。

「石工を何年やっている」

十郎左衛門は石工の経歴年数を訊ねてから、名前を聞いた。十年親方のところで働き、

やっと独立して商売を始めたばかりの要八という石工であった。

「さっき、左次郎の墓地にしゃがみこんでいたな、なにをしていたのだ。なにをしようと考えていたのだ。正直に申せばよし、そうでないと痛い目に遭わされるぞ」

石工の要八は、十郎左衛門の一言で完全におそれ入ってしまった。

「後家すてが死んで、すでに身寄りがないと聞きましたので、つい悪い心が起りました」

石工の要八が後家すての金のかくし場所を知ったのは偶然の機会であった。去年の暮、墓地で仕事をして帰ってから、忘れ物に気がついて取りに引返した時、すてが、亡夫の墓にうずくまってなにか掘り出している姿を見掛けたのである。金を入れた壺が、墓の一隅に埋めてあった。すてはそこから若干の金を出して石でふたをした。

「他人の秘密を知りながら、黙っているということはなかなか勇気の要ることでございます。しかし私も、ちっとは人に名の知られた石工、他人様の物には手を出したくはありません、ただあそこにお宝があるなと思って見ていただけでございます。しかしおかしなもので、そのことがあってから、妙にすてという後家に興味を持ちました」

要八は墓場で仕事をしている時も、墓場と生垣一つでへだてられている、すての家へ、自然と詮索の眼が向いた。

「天狗火事の当日も此処で仕事をしていたか」

「はい、あの日は遅くまで仕事をして、後片付けをして、帰ろうとしている頃はもう真暗でした」

要八が帰ろうとしている時、すての便所の窓にあかりが見えた。あかりが見えたことは別に気にすることではなかったが、あかりが、二、三度点滅して消えたことに要八は疑問を持った。なにかの暗号のように思えたからである。長屋から一人の男が墓地を横断してすての家へ行くのを見かけたのはその直後であった。

要八は男のかげに引かれるように後を追った。暗くて顔は見えなかったが武士であるように思われた。

すての家の中は見えなかったが、家の中から洩れる男女の声で、中でなにがされているか、要八にはよく分った。まるで殺し合いでもしているようなすさまじさで、男女のいとなみがなされていた。しばらく会わなかった若い男女が欲情のなかで狂っている物音だった。そう長くは続かなかった。男が去った。要八が再び墓場の方へ行こうとする時、彼は近づいて来る第二の男のかげを見たので、再び、身をひそめねばならない羽目におち入った。

その男が家に入るとすぐすてと言い合いを始めた。男の言葉使いは武士であった。男が女の頬でも打つような音がした。要八は男女の喧嘩をあとにして去った。

要八が家に帰りつく直前に火事は起ったのである。すてが焼死してから、要八に欲が出た。墓地にかくした誰も知らない金の一部でもいいから頂戴したいと思った。

「ところが、その壺はいつの間にか失くなっておりました」

「天狗の仕業だな」

十郎左衛門が言った。

「すてのところへ忍んで行ったのも天狗、すてと喧嘩したのも天狗、火事を起したのも天狗……みんな天狗の仕業だな、お前がそのことを拙者以外の他人に洩らすと、今度はお前が天狗に取り殺されるぞ、仕事だけに精を出す者に天狗は危害を加えない。一生懸命働いたら夕刻は早く帰って寝るがいいぞ」

十郎左衛門は神妙な顔をして言った。

「本当にこの世に天狗がおりますでしょうか」

「正直善兵衛の話を聞いたろう、あの話がほんとなら、天狗は実在する」

十郎左衛門は石工の要八に口を慎しむように厳重に申し渡しておいて、すての家の焼跡へは行かずに、直ぐ馬に乗って、二丁と離れていない善兵衛のところへ行った。風上であったがために、火をまぬがれた善兵衛の庭には、薪が積んであった。

「これは、守屋様ようこそ」

善兵衛は土の上に坐って手をついた。十郎左衛門が善兵衛の家を訪ねたのは、火事の翌朝であった。噂をたしかめるためだった。

「戸部半蔵が来たろう。なにを聞いて行ったかな」

「天狗様の持っていた杖のことでございます。金剛杖ではなく大木をねじり切って作った杖ではなかったかと申すのでございます。そういうふうな噂が流れているそうですが、私の見たものは金剛杖に間違いがございませんし、私が他人に話したのも金剛杖に間違いございません」

十郎左衛門は善兵衛の顔をじっと見ながら、深い考えごとをしていた。顔は火事の後始末で疲れていたが、眼だけは鋭く光っていた。

法光寺の庭では炊き出しがまだ続けられていたが、人の数はずっと減っていた。

十郎左衛門はさっさと寺の奥へ通ると、住職に小さい声でなにか言った。

安藤多右衛門が頭に蜘蛛《くも》の巣をつけて庫裏《くり》の屋根裏から降りて来た。

「よく御存知でしたな、私の居どころが」

安藤多右衛門は仏頂面《ぶっちょうづら》をして言った。

「貴公の考えつきそうなことは直ぐ分る。で、屋根裏から、火事場を監視していて、なにか得ることがあったのか」

「三日間、夜昼となく、見張っておりましたが、怪しい人物はひとりとして焼跡へは現われません。もっとも先刻、守屋様が墓地に現われ、火事場の跡へ近づこうとなされましたが、私の見張りにお気がつかれたのか……」

「馬鹿者め、三日も屋根裏にいて、眼の前のことが見えないのか」

十郎左衛門は安藤多右衛門を叱りつけて置いて、墓地で働いている、石工の要八に眼を放すなと言った。要八のあとを当分の間尾行するように命じてから、再び馬に乗った。

五

その翌日の夜、守屋十郎左衛門は根森左内、安藤多右衛門、戸部半蔵の三名を自宅に呼び寄せた。夜はまだ寒い。襖《ふすま》からもれてくる風に灯火がゆらめいていた。

十郎左衛門は三人の労苦をねぎらってから、まず安藤多右衛門に顔を向けた。

「石工要八のその後の挙動は」

要八は日中仕事場で働いていたが、日が暮れかかると、なにものかを恐れるように倉皇《そうこう》として後をかたづけて家へ引揚げた。今朝は平常どおりに仕事をして、夕刻はきのうと同じように早目に引揚げて家へ帰って休んでいますと答えた。

「要八はよほど天狗がおそろしいと見える」

十郎左衛門は笑いかけた顔を今度は根森左内に向けて、

「安藤多右衛門から譲り受けた刀は持参したであろうな」

十郎左衛門は根森左内のさし出した刀を取って、作りをあらためてから刀身に眼を当てた。

「見事なものだ。この匂いを見ると、この脇差は相当なものだ。備中《びっちゅう》の国重《くにしげ》ではないかな」

十郎左衛門は安藤多右衛門に訊ねた。

「大月国重のものでございます」

安藤多右衛門は頭をさげた。

「この脇差は赤渋山へさしていったものではあるまい、根森左内に譲る以上は武士として恥にならないものをやりたいという、貴公の気持は美しい、しかし、この刀はどうして手に入れた」

「返答はお許し願いたい」

安藤多右衛門は口をつぐんだ。

「言えないのか、言って貰わないと困る。言わなければ貴公は後家殺しの汚名を受けることにもなりかねない」

しかし、安藤多右衛門は口を緘《とざ》したままで一言も発しなかった。

「根森左内、貴公は火事の起る少し前に長屋を脱け出している。見た者があるのだ。後家すてとの関係を残らず言って貰いたい。答えて貰わないと、安藤同様、後家殺しの汚名を蒙らねばならない」

根森左内の顔色がかわった。だが根森は唇を噛んだまま口を開かなかった。

「最後に戸部半蔵、貴公はなぜ、天狗事件の噂を触れ廻ったのだ。噂を調査すると称して噂をばらまいて歩くとは奇怪千万のことではないか。そのわけを答えて貰わないと、天狗火事の火元の疑いを貴公にかけねばなるまい」

戸部半蔵は黙っていた。

「誰も答えない。答えられないのだろうが、拙者は貴公たち三人のうちの一人が、後家すてを殺し、火を掛けたものと信じて疑わない、三人のうち一人が胸の中に抱いていることだ。拙者にはこれ以上自分の部下を取調べる勇気がない。この場にいたって拙者のできることは、今宵一夜の猶予を与えられるだけのことだ。犯した罪のつぐないは今夜のうちに武士らしく立派に始末するがよい」

十郎左衛門の声は氷のようにつめたかった。武士らしく始末しろということは自決をすすめることばだった。同じ長屋にいる三人だから、三人は互に相手を監視して今夜は眠らないにちがいない。その中で真の犯人は自決の道を選ぶか或いは逃亡するか十郎左衛門は先のことまでちゃんと計算していた。

その夜遅くなって月が出た。

藩士長屋の戸が音もなくあいて、旅装をした戸部半蔵が月の光の中へとけこむように出て行った。戸部半蔵が外へ出ると相前後して、根森左内と安藤多右衛門がその後を追った。月光にさらし出された焼野原に戸部半蔵の影は小さかった。

「待て戸部半蔵、なぜ秘かに逃げようとするのだ」

呼びかけたのは根森左内であった。

根森左内の手には既に白刃が握られていた。

「無断で脱藩するところを見るとすてを殺して火をかけた下手人は貴様に間違いない」

根森左内の声は戸部半蔵の足を止めた。

「よし相手になってやろう。いかにもすてを殺して火を放ったのは俺だが、すてを殺さなければならなかった元を正せば、貴様が、あの夜すてを盗んだからだ」

戸部半蔵が刀をかまえた。

安藤多右衛門は妙な成行きに、彼の方向を失った。戸部半蔵が犯人であったことは分ったが、すてを間に挟んでの戸部と根森の私怨《しえん》については、多右衛門の口を出すべきことではなかった。彼は根森が戸部に斬られた場合こそ、自分が出るべき時のような気がした。私事は私事として片付けてから、あらためて、殺人、放火、脱藩者、戸部半蔵待てと声をかけるべきだと思った。

「根森、拙者が検分している、しっかりやれ」

安藤多右衛門は根森左内の方へ声援を送った。二人の私闘であっても、殺人、放火犯人の戸部半蔵には勝たせたくなかった。

「見ておれ、安藤、貴公に貰った、大月国重の斬れ味を……」

根森はそれを言うだけの余裕があったが、二人の武技にはそう大差がなかった。斬り結んでは離れ、離れては斬り結び、二人はその度に疵を受けていた。血を浴びながら相手を呪い、はげしい怒りの血のかたまりとなって、ぶっつかり合っていた。

戸部半蔵の刀が根森左内の額を切った、深手ではなかったが、血が左内の眼に入った。戸部半蔵はそれに力を得てかかっと気合をかけながら斬り込んでいった。根森が受太刀であった。戸部半蔵の横に払った一刀が根森左内の高ももを深く斬った。倒れかかる根森に戸部は大きく踏み込んで真向から一太刀浴びせようとした。根森左内は倒れながら、刀を真直ぐに前に出した。絶望の一瞬の突きであった。その刀に戸部半蔵は自らの体重をぶっつけるような形で倒れかかっていった。

「戸部半蔵を討ったぞ……」

高ももを深く斬られながらも、根森左内は、ふるえる手で戸部半蔵にとどめを刺した。

出血多量のため根森左内が死んだのは、明けて間もなくだった。死ぬまで彼は、すてとの交情を洩らさなかった。

私闘の結果相討ちになったのだと公表されてから間も無く、守屋十郎左衛門は安藤多右衛門を呼んで言った。

「今度の大火は、赤渋山で貴公が根森左内の鼻をからかったことに原因があるのだぞ、口が軽すぎる。慎しまねばならない。しかしいいところもある。根森左内に譲る脇差に武士の面目をかけようとして、後家すてから大月国重を買った。十年もかかって金は返済するつもりだったのだろう」

「御存知でしたか」

「知っておる。あの刀は刀商左次郎が生きておる頃売りに来て見ておる」

十郎左衛門はずっと膝を乗り出して、事件の概要を安藤多右衛門に話して聞かせた。

「根森左内と戸部半蔵は二人とも後家すてと関係があった。二人は自分だけが情夫だと信じていたらしい。山から帰った夜、根森が後家すての呼出しの合図で忍んでいった。その直後戸部が行って、すてとの間に悶着が起きた。おそらくすては根森左内との激しい交情のあとだから戸部半蔵につめたい態度をしめしたのだろう。戸部は前後の様子ですての変心と見てかっとなってすてを殺して火をつけた。おそらく火をつける気を起したのは、赤渋山での天狗狂言からの思い付きだろう。天狗のせいにすれば一番都合がいいからな、そのため彼は天狗火事だという噂を自らまき歩いたのだ。噂を取調べると称して善兵衛の噂をまき歩いたのだ。ところが、戸部は天狗の杖が大木をねじ折った杖だと言って歩いた。この点だけ噂は二つに割れた。そんなことはどうでもいいのに、気になったのだろう、拙者のところにそれを言いに来た」

「戸部半蔵が大金を所持しておったとの事ですが」

「そうだ、戸部はすてが墓場にかくして置いた金のあり場所を知っていたのだ。すてが死んだら、すぐ長屋へ運んで、折あれば持出すつもりでおったのだ。こういう事件の起きた、ほんとうのもとを正せば、藩士が貧窮しておることにすべてが帰着する。年頃になっても妻が持てぬから、混浴場へも行くだろうし、後家の尻も追うだろう」

　そう言われると安藤多右衛門はいやな顔をした。

「貴公のことを言っているのではない、藩政の全般について言っておるのだ。今度の事件についての真相は御家老の耳にだけは入れておいた。要するに今度の火事は天狗火事であったということにしてある。末代までも天狗火事としての記録は残るであろう、ばかばかしいことだ……」

安藤多右衛門が江戸詰を仰せつかったのはそれから間もなくだった。藩から貰った支度金で身なりをととのえて、守屋十郎左衛門のところへ挨拶に行った時、十郎左衛門は眉間に縦皺をよせて言った。

「多右衛門、貴公は口が軽すぎる男だ。江戸へ出たら、黙っていることの勉強をして来ることだ……」

トンボ突き

俗に川中島の戦いと呼ばれている、武田信玄と上杉謙信の信州川中島における対決は十二年間にわたって数回行なわれた。この第二回戦目の川中島の戦いは、春からの対戦が長引いて、トンボが空をスイスイと飛ぶころになってしまった。

軍内の信濃先方衆の一人に野沢大六という槍の達人がいた。ある日見張り役（歩哨）に立たされた野沢大六は、暇つぶしに空を飛んでいる赤トンボの眼玉を狙ってたちまち数羽を突き落とした。たまたま見廻り中の軍目付の土屋伊豆守にとがめられたが、この話が甲軍陣内に拡がり、さらに甲軍内に食べ物を売りに来た百姓の口から上杉方に、甲軍には、トンボを見たら、その眼玉を狙って百発百中突き落す槍の名人がいると伝えられた。

これが上杉謙信の耳に入った。

「甲軍の陣内に、それほどの槍の名人がいるとはうらやましいことだ」

といった。このことを家臣が聞いて、越軍陣内にも、一人や二人、トンボ突きの名人がいるだろうと探した。更科出身の大島八郎という槍の名人がいた。むらがるトンボの群れの中に入って、たちまち、数十羽突き落として見せた。丁度そのころ今川義元の家臣が、甲越両軍の和睦《わぼく》の橋渡しに来ていてその話を聞いたので、和議成立の席上の余興に、二人の槍の名人にトンボ突きを競わせてはどうかといったが、和議が延び延びになって、やっと日取りが決まったころはトンボは居なくなっていた。

その後の二人の運命は転々と変った。野沢大六は武田が亡びて浪人し、大島八郎は、謙信が死んだあとの家督相続の争いを見て、上杉を見かぎって浪人した。

二人はあちこちの大名に仕えたが、結局いい目が出ないで晩年は川中島に戻って帰農してこの地で死んだ。晩年二人は親交があった。

川中島の戦いから六十七年目の元和八年（一六二二年）の秋、松代城主となって川中島へやってきた真田信之が、飛び交う赤トンボを見て、祖父の幸隆から聞いた野沢大六と大島八郎の話を思い出した。二人ともこの辺の出身だから、調べて見れば、その後二人がどうなったかわかるだろうと思った。

二人の墓地は川中島の清野という村にあった。二人の墓は並んで立てられていた。それぞれに同じ大きさの墓碑一つずつがあった。空を飛ぶトンボを槍で突いている武士の姿がほりこんであった。真田信之は、その墓碑の前に立って眺めていた。子孫が建てたものであろうが、なかなか味のある墓碑だと思った。野沢大六の足下には五羽のトンボが落ちていた。大島八郎の碑の方を数えて見ると、やはり五羽のトンボが落ちていた。

編者解説

新田次郎ワールドの魅力

細谷正充

ジャンルに拘泥せずに多彩な作品を執筆する。昭和の時代には、このようなエンターテインメント作家が、少なからずいた。新田次郎も、そのひとりといえるだろう。経歴を見ながら、まずその点について説明したい。

新田次郎は、一九一二年、長野県上諏訪町（現・諏訪市）に生れる。無線電信講習所（現・電気通信大学）を卒業後、中央気象台（現・気象庁）に勤務。富士山気象レーダーの建設などに携わった。そんな作者が、なぜ小説の執筆を始めたのか。よく知られているのは、妻の藤原ていが出版した、中国からの引き揚げ体験を描いた『流れる星は生きている』がベストセラーになったことに刺激されたというものだ。自分もひとつやってみるかと思って「強力《ごうりき》伝」を書き、一九五一年、サンデー毎日第四十一回大衆文芸賞に応募。これが現代の部の一等になり、作家活動を始める。なお、富士山一の強力（荷物を負って運搬する者）の凄絶な働きを活写した「強力伝」は、一九五六年、第三十四回直木賞を受賞した。

作者自身が、あちこちで話していたので、この話は広く人口に膾炙《かいしゃ》している。ただし創作自体は、それ以前から始まっていた。戦後、たまたま再会した中学時代の旧友に玉川学園出版を紹介され、長篇の少年科学小説『超成層圏の秘密』を書き上げたのだ。しかしこの作品は出版に至らず、原稿も紛失。その後、短篇の少年科学小説「狐火」を書き、あちこちに持ち込んだが、こちらも活字になることなく原稿を紛失した。ところがそれから二十数年後、ひょっこり原稿が現れ、『きつね火』として大日本図書から出版されたのである。このような下地があったからこそ、妻の本に刺激され、小説に取り組むことができたのだと思われる。

さて、デビュー以後の作者の活躍については、あらためていうまでもなかろう。初期から多彩な作品を発表していた作者だが、山を舞台にした物語を好んで書くことから、マスコミにより〝山岳小説家〟というレッテルを貼られるようになる。常に人間を描いているつもりの作者にとっては、納得のいかないことであった。また、特定のジャンルに拘泥することもない。

たとえば歴史時代小説にも早くから取り組み、それは大作『武田信玄』『武田勝頼』を柱とした、一連の武田物へと結実する。その他、ミステリー、メロドラマ、ＳＦなど、ジャンルを問わずに多くの作品を発表し、読者を楽しませてくれたのである。

　こうした作者の物語世界を踏まえて、本書『まぼろしの軍師』を編纂した。歴史時代小説の作品集であるが、さまざまな魅力を味わえるようにセレクトしたつもりである。バラエティ豊かな、新田次郎ワールドを堪能していただきたい。

　「**梅雨将軍信長**」は、織田信長の人生の重要な局面を、天候と絡めて描いたユニークな歴史小説だ。近年でも、桶狭間の戦いのときの天候に注目した本があるが、本作が執筆された当時は、画期的な発想といっていい。絶望的な状況をひっくり返した桶狭間の戦い。武田の騎馬隊を打ち破った長篠の戦い。家臣の平手左京亮のアドバイスを受けた信長は、梅雨を巧みに利用して勝利を収める。その信長が、なぜ本能寺の変で明智光秀に討たれたのか。最後まで天候を使い、信長の伸長と破滅を描き切ったストーリーが素晴らしい。

　また、桶狭間の戦いの前の信長は、〝小国が大国に併呑されねばならない運命がとうとうやって来たのだ〟と今川軍に怯《おび》えている。有名な「敦盛《あつもり》」のエピソードも〝それは必勝を願う舞ではなく、敗戦を予期したあきらめの舞であった〟としているのだ。本作の破滅に怯える信長像は新鮮であった。やはりユニークな作品である。

　「**まぼろしの軍師**」は、幾つかある武田家を題材にした短篇のひとつだ。扱われているのは、川中島の戦いで落命したといわれる、軍師の山本勘助である。ただしこの男、実在したかどうかはっきりしていない。近年になって、山本管助という人物が存在していたことが明らかになり、いろいろ研究が進んでいるようだ。

はたして講談や小説で語られている山本勘助は、本当にいたのか。作者はこの疑問を逆手に取り、これまたユニークな作品を創り上げた。主人公は、山城国妙心寺の僧の鉄以。ある日、寺の前に現れた老武士から、山本勘助の息子を捜しているといわれ、驚くことになる。というのも鉄以こそ、勘助の息子だったからだ。老武士から勘助が、武田信玄の下で軍師をしていたが、川中島の戦いで死んだと聞かされた鉄以。妻子を捨てた父親は、本当に軍師をしていたのか。八年後、真実を知ろうとする鉄以は寺を出て、武田家ゆかりの人々を訪ねて回るのだが……。勘助の実像を知った鉄以の選択は、父への思慕というべきか。それが曲折を経て、伝説の軍師の像に繋がっていく。武田家が大好きな作者だが、その視線は冷徹だ。

「**灯明堂物語**」は、幕末の御前崎にある灯明堂（現代でいうところの灯台）を巡り、思いもかけない騒動が持ち上がる。御前崎村代官の近江十左衛門が、灯明堂守役の徳兵衛に、灯明堂を上岬から白羽村に移すように命じたのだ。しかし実行すれば、灯明堂の位置を誤解した船が座礁する危険性がある。武器を積んだ薩摩の兵船を沈めようという、幕府の思惑があるようだが、他の船はどうなるのだ。徳兵衛たちは何とかして、この事態を回避しようとする。

灯台の位置を誤認させて、船を難破させる。このトリックを使った、海外の短篇ミステリーがある。『チンネの裁き』『雪の炎』『空を翔ける影』などの、ミステリーを執筆していた作者のことだ。もしかしたら、その短篇を読んで、触発されたのかもしれない。

とはいえ本作品では最初からトリックを明らかにしており、そこから起こる騒動がメインになっている。灯明堂を守り続けてきた村人たちの誇り。若者たちの恋愛模様。上からの命に従いながら、したたかな立ち回りをしようとする十左衛門。そして現代の日本の政府に通じる、幕府の朝令暮改。さまざまな要素を融合させながら、気持ちのいいラストに着地する。エンターテインメント作家としての力が、存分に発揮されているのだ。

「**駒ヶ岳開山**」は、山岳小説である。文化十七年七月、諏訪の百姓の息子の権三郎と善之助は、八ヶ岳で山伏とであった。山伏から、甲斐駒ヶ岳と槍ヶ岳が、まだ人の登ったことのない山だと聞く。山の好きなふたりは、駒ヶ岳を開山し、大先達になることを決意。開山した後に入定という噂に困惑しながら、駒ヶ岳の頂上を目指す。

ふたりの登山場面はそれほど長くないが、さすがの迫力。屏風岩のロック・クライミングなど、手に汗を握った。その果てにたどり着いた、頂上の描写が美しい。だがその後、物語のトーンは一変する。執拗な入定の噂と、人の悪意により、権三郎と善之助は、予想外の人生を歩むことになるのだ。山の美しさと、人の世の醜さのコントラストが強烈。このような作品を読むと、やはり作者のことを〝山岳小説家〟と呼びたくなるのである。

なお槍ヶ岳の開山も、長篇『槍ヶ岳開山』で書かれている。こちらの展開も驚きに満ちていた。併せてお薦めしておく。

「**算士秘伝**」は、和算を題材にしている。下谷御箪笥町にある算法指南所「乾坤堂」に、ふらりと現れた備中松山藩浪人の久留島義政。主人の真平延好に見込まれ客分となった。やがて延好は、娘のあやと義政に指南所をまかせるようになる。そして延好が亡くなると、ふたりが指南所を引き継いだ。といっても義政は研究家肌だ。名を知られるようになり、和数の関流がスパイを送り込んできても気にしない。だが和算界の勢力争いに、義政とあやは、否応なく巻き込まれていく。

作中に書かれているように、江戸中期の和算は、世界の数学の最先端に匹敵するだけの力があった。しかし各流派が秘伝や一子相伝とすることで、さらなる発展が阻まれる。なんとも愚かなことだ。科学や数学を好み、それに注目した作品を書いている作者（余談になるが作者の次男の藤原正彦は数学者である）にとって、許しがたきことであったのだろう。だから義政という人物を和算界に投げ入れ、その愚かさを暴いたのである。

「**異人二拾一人**」は、幕末の御蔵島で起きた、黒船騒動を題材にしている。『密航船水安丸』や『アラスカ物語』で、海外に生きる日本人を描いた作者は、一方で、明治の日本にやってきたヴェンセスラオ・デ・モラエスを主人公にした『孤愁〈サウダーデ〉』や、イギリス公使のオールコックの富士山登頂を扱った「富士、異邦人登頂」を執筆している。海外と日本の関係にも、深い関心を抱いていたようだ。だから本作のような、面白い史実を小説化したのだろう。

物語は、伊豆七島御蔵島の島役人・加山左源太の視点で進行する。風雲急を告げる時代の流れと無縁な島の暮らしが憂鬱な左源太。だが、難破したアメリカの商船が現れた。乗っていたのはアメリカ人二十一人と、広東人四百六十三人。しかもアメリカ人のひとりは女性だ。てんやわんやの騒ぎの中、左源太は船の中に、もうひとり女性がいる可能性に気づいた。

はたして謎の女性は、本当に存在するのか。妙にやる気を出し、上役と衝突しながら、女性を捜しだそうとする左源太の奮闘が綴られていく。だが本作の読みどころは、一連の騒動の決着の付け方だ。ああ、こうするのかと感心ながら、非日常が日常に飲み込まれたことに、やるせなさを覚えた。

「**関の小万**」は、亀山藩の関宿であったという、女性の仇討を題材にしている。いろいろあって旅籠屋の養女になった小万。久留米藩の指南番役だった父親を、同藩の内田平左衛門に殺され、その仇を討つために剣術修行をしている。ただし仇討話は、母親のふりをした女性がついた、真っ赤な嘘だ。小万が幼い頃に偽母親は死んだが、今も仇討話に縛られている。さらに状況が重なり、小万は平左衛門に擬された男と対峙するのだった。

ふたりの対照的な女性登山家を主人公にした『銀嶺の人』や、人妻の恋を描いた『風の遺産』など、作者は女性を描くことにも長《た》けていた。しかし、彼女たちを捉える視線は甘くない。人々の感情や思惑に振り回された小万の人生を見れば、そのことがよく分かるだろう。苦いが、味わい深いストーリーなのである。

「天狗火事」は、諏訪を舞台にした時代ミステリーである。先にも触れたように、作者はミステリーを幾つか上梓している。短篇の時代小説にもミステリー仕立てのものが幾つかあり、本作はそのひとつだ。

享和三年、藩の山廻り役の四人——根森左内、安藤多右衛門、戸部平蔵と、彼らの上役の守屋十郎左衛門は、三日の予定で赤渋山に入っていた。そこで左内と多右衛門が揉めたことから、百姓相手に天狗狂言を引き起こす。この件は、それだけで終わるはずだった。だが、その日の夜に城下で大火事が発生。火元はすてという、後家の家のようだ。火事は天狗の火祭りだという噂が流れるが、赤渋山での天狗狂言が発端か。火元取り調べを命じられた十郎左衛門は、三人を使って調査を始める。

登場人物は少ないが、容易に真相を摑ませない。十郎左衛門の名探偵ぶりも堂に入っていた。未読の人もいると思うので、詳しく内容を説明しないが、上質の時代ミステリーと断言できる内容なのである。

「**トンボ突き**」は、時代ショートショートである。「漫画讀本」一九六九年十二月号に掲載された。一緒に、永井路子の「蔵の中」と、五味康祐の「十人目」も掲載されている。時代ショートショートの、ミニ特集といったところか。おそらく本に収録されるのは、今回が初めてだろう。ボーナストラックとして楽しんでいただきたい。

以上九篇を通じて、あらためて新田次郎の多彩な才能を感じてもらえたはずである。長篇ばかり注目されがちだが、作者は短篇の名手でもあるのだ。だから本書を切っかけに、多数の短篇にも目を向けていただけるなら、こんなに嬉しいことはない。

本書は中公文庫オリジナルです。

底本は『新田次郎全集』『完結版新田次郎全集』（新潮社刊）によりました。

初出および底本の巻数は左記の通りです。

梅雨将軍信長	「小説新潮」	昭和三十九年三月号	全集19巻
まぼろしの軍師	「小説現代」	昭和四十年二月号	全集20巻
灯明堂物語	「講談倶楽部」	昭和三十二年一月号	全集19巻
駒ヶ岳開山	「小説新潮」	昭和四十一年八月号	全集18巻
算士秘伝	「オール讀物」	昭和三十二年一月号（原題「とがった耳」）	全集19巻
異人二拾一人	「別冊小説新潮」	昭和三十三年一月号	全集20巻
関の小万	「小説新潮」	昭和三十七年十一月号	全集20巻
天狗火事	「オール讀物」	昭和三十四年四月号	完結版全集7巻
トンボ突き	「漫画讀本」	昭和四十四年十二月号	全集未収録

本文中に今日の人権意識に照らして不適切な語句や表現が見られますが、執筆当時の社会的・時代的背景と作品の文化的価値、著者が故人であることを考慮して、そのままとしました。

中公文庫

まぼろしの軍師《ぐんし》

——新田《にった》次郎《じろう》歴史《れきし》短篇選《たんぺんせん》

2022年8月25日　初版発行

著　者　新《にっ》田《た》 次《じ》郎《ろう》

編　者　細《ほそ》谷《や》 正《まさ》充《みつ》

発行者　安 部 順 一

発行所　中央公論新社
〒100-8152　東京都千代田区大手町1-7-1
電話　販売 03-5299-1730　編集 03-5299-1890
URL https://www.chuko.co.jp/

ＤＴＰ　嵐下英治
印　刷　三晃印刷
製　本　小泉製本

©2022 Jiro NITTA, Masamitsu HOSOYA
Published by CHUOKORON-SHINSHA, INC.
Printed in Japan　ISBN978-4-12-207248-0 C1193

定価はカバーに表示してあります。落丁本・乱丁本はお手数ですが小社販売部宛お送り下さい。送料小社負担にてお取り替えいたします。

●本書の無断複製（コピー）は著作権法上での例外を除き禁じられています。また、代行業者等に依頼してスキャンやデジタル化を行うことは、たとえ個人や家庭内の利用を目的とする場合でも著作権法違反です。

各書目の下段の数字はISBNコードです。978－4－12が省略してあります。

中公文庫既刊より

あ-32-11
出雲の阿国《おくに》（上）
有吉佐和子
歌舞伎の創始者として不滅の名を謳われる出雲の阿国《おくに》だが、その一生は謎に包まれている。日本芸能史の一頁を活写し、阿国に躍動する生命を与えた渾身の大河巨篇。
205966-5

あ-32-12
出雲の阿国（下）
有吉佐和子
数奇な運命の綾に身もだえながらも、阿国は踊り続ける。歓喜も悲哀も慟哭もすべてをこめて。桃山の大輪の華を描き、息もつかせぬ感動のうちに完結する長篇ロマン。
205967-2

あ-32-5
真砂屋《まなごや》お峰
有吉佐和子
ひっそりと家訓を守って育った材木問屋の娘お峰はある日炎の女に変貌する。享楽と頽廃の渦巻く文化文政期の江戸を舞台に、鮮烈な愛の姿を描く長篇。
200366-8

あ-59-4
一　路（上）
浅田次郎
父の死により江戸から国元に帰参した小野寺一路は、参勤道中御供頭のお役目を仰せつかる。家伝の行軍録を唯一の手がかりに、いざ江戸見参の道中へ！
206100-2

あ-59-5
一　路（下）
浅田次郎
蒔坂左京大夫一行の前に、中山道の難所、御家乗っ取りの企てなど難題が降りかかる。果たして、行列は期日通りに江戸へ到着できるのか――。〈解説〉檀　ふみ
206101-9

あ-59-7
新装版　お腹召しませ
浅田次郎
幕末期、変革の波に翻弄される武士の悲哀を描く傑作時代短編集。書き下ろしエッセイを特別収録。司馬遼太郎賞・中央公論文芸賞受賞作。〈解説〉橋本五郎
206916-9

あ-59-8
新装版　五郎治殿御始末
浅田次郎
武士という職業が消えた明治維新期、行き場を失った老武士が下した、己の身の始末とは。表題作ほか全六篇に書き下ろしエッセイを収録。〈解説〉磯田道史
207054-7

い-37-7
利休の死 戦国時代小説集 井上 靖
桶狭間の戦い（一五六〇）から本能寺の変（八二）、利休の死（九一）まで戦国乱世の三十年を十一篇の短篇で描く、文庫オリジナル小説集。〈解説〉末國善己
207012-7

い-132-1
走 狗 伊 東 潤
西郷隆盛と大久保利通に見いだされ、幕末の表舞台に躍り出た川路利良。警察組織を作り上げ、大警視まで上り詰めた男が見た維新の光と闇。〈解説〉榎木孝明
206830-8

い-132-2
叛 鬼 伊 東 潤
早雲、道三よりも早く下剋上を成し、戦国時代の扉を開いた男・長尾景春。悪名に塗れながらも、叛逆を続けた武士の正義とは？〈巻末対談〉本郷和人×伊東潤
207108-7

い-132-3
戦国鬼譚 惨 伊 東 潤
いま裏切れば、助かるのか？ 武田家滅亡期。すべてを失うかもしれない状況を前にした人間の本性を描く、五篇の衝撃作。〈巻末対談〉逢坂 剛×伊東 潤
207136-0

い-132-4
戦国無常 首獲り 伊 東 潤
手柄を挙げろ。どんな手を使っても――。首級ひとつで人生が変わる。欲に囚われた下級武士たちのリアルを描く六つの悲喜劇。〈巻末対談〉乃至政彦×伊東潤
207164-3

お-82-1
時平《しへい》の桜、菅公の梅 奥山景布子《きょうこ》
孤高の俊才・菅原道真と若き貴公子・藤原時平。身分も年齢も違う二人は互いに魅かれ合うも、残酷な因縁に辿り着く――国の頂を目指した男たちの熱き闘い！
205922-1

お-82-2
恋衣 とはずがたり 奥山景布子
後深草院の宮廷を舞台に、愛欲と乱倫、嫉妬の渦に翻弄される一人の女性。遺された日記を初めて繙いた娘の視点から、その奔放な人生を辿る。〈解説〉田中貴子
206381-5

お-82-3
秀吉の能楽師 奥山景布子
太閤秀吉を能に没頭させよ、との密命を帯び、天下人に近づいた能楽師・暮松新九郎。能に見せた秀吉の狂気はやがて新九郎を翻弄してゆく。〈解説〉縄田一男
206572-7

各書目の下段の数字はISBNコードです。978－4－12が省略してあります。

お-82-4　江戸落語事始 たらふくつるてん　奥山景布子

口下手の甲斐性なしが江戸落語の始祖⁉ 殺人の濡れ衣や綱吉の圧制に抗いながら、決死で〝笑い〟を究めた咄家・鹿野武左衛門の一代記。〈解説〉松尾貴史

207014-1

お-82-5　圓朝　奥山景布子

「怪談牡丹灯籠」を生んだ近代落語の祖・三遊亭圓朝。師匠や弟子に裏切られる壮絶な芸道を歩み、人々に愛される怪物となった不屈の一代記。〈解説〉中江有里

207147-6

き-17-8　絶海にあらず（上）　北方謙三

京都・勧学院別曹の主、純友。赴任した伊予の地で、「藤原一族のはぐれ者」は己の生きる場所を海と定め、律令の世に牙を剝いた！ 渾身の歴史長篇。

205034-1

き-17-9　絶海にあらず（下）　北方謙三

海の上では、俺は負けん――承平・天慶の乱で将門とともにその名を知られる瀬戸内の「海賊」純友。夢を追い、心のままに生きた男の生涯を、大海原を舞台に描く！

205035-8

き-17-10　魂の沃野（上）　北方謙三

加賀の地に燃え拡がる一向一揆の炎。蓮如や守護・富樫政親との奇縁から、闘いに身を投じることになった地侍・小十郎の青春を描く血潮たぎる歴史巨篇開幕！

206781-3

き-17-11　魂の沃野（下）　北方謙三

蓮如の吉崎退去、小十郎の恋、そして守護・政親の強権。加賀の雪が、血に染まる時が近づいていた。一向一揆を生きた男たちそれぞれの明日。〈解説〉清水克行

206782-0

き-17-12　悪党の裔《すえ》（上） 新装版　北方謙三

目指すは京。悪党の誇りを胸に、倒幕を掲げた播磨の義軍は攻め上る！ 寡兵を率いて敗北を知らず、建武騒乱の行方を決した赤松円心則村の鮮烈な生涯。

207124-7

き-17-13　悪党の裔（下） 新装版　北方謙三

おのが手で天下を決したい――新政に倦み播磨に帰った円心に再び時が来た。尊氏を追う新田軍を食い止めるのだ！ 渾身の北方「太平記」。〈解説〉亀田俊和

207125-4

き-17-14
道誉なり（上）新装版
北方謙三
毀すこと、それがばさら——。後醍醐帝との暗闘、実弟直義との対立で苦悩する将軍足利尊氏を常に支え南北朝動乱を勝ち抜いた、ばさら大名佐々木道誉とは。
207150-6

き-17-15
道誉なり（下）新装版
北方謙三
足利尊氏・高師直派と尊氏の実弟直義派との抗争は一触即発の情勢に。熾烈極まる骨肉の争いに、将軍尊氏はなぜ佐々木道誉を欲したのか。〈解説〉大矢博子
207151-3

き-17-16
楠木正成（上）新装版
北方謙三
乱世到来の情勢下、大志を胸に雌伏を続けた悪党・楠木正成は、倒幕の機熟するに及んで寡兵を率い強大な六波羅軍に戦いを挑む。北方「南北朝」の集大成。
207178-0

き-17-17
楠木正成（下）新装版
北方謙三
巧みな用兵で大軍を翻弄。京を奪還し倒幕を果たした正成だが……。悲運の将の峻烈な生を迫力の筆致で描いた北方「南北朝」感涙の最終章。〈解説〉細谷正充
207179-7

さ-45-11
武揚伝 決定版（上）
佐々木譲
海軍伝習所を経てオランダへ留学した釜次郎は、観戦武官としてデンマークとプロシアの近代戦争に臨場し、己が国と欧米列強とのあまりの格差に驚愕する！
206488-1

さ-45-12
武揚伝 決定版（中）
佐々木譲
最新鋭艦「開陽丸」を操り帰国した武揚らは幕府海軍創設に参加。だが世界情勢に背を向け内紛を続ける日の本では遂に幕府が崩壊。苦悩する幕臣榎本だが……。
206489-8

さ-45-13
武揚伝 決定版（下）
佐々木譲
榎本総裁のもと箱館に共和国樹立！ だが、海峡を突破し上陸した新政府軍の圧倒的な攻勢に、土方は倒れ、武揚は……。著者畢生の歴史巨篇、ついに文庫化！
206490-4

さ-74-1
夢も定かに
澤田瞳子
翔べ、平城京のワーキングガール！ 聖武天皇の御世、後宮の同室に暮らす若子、笠女、春世の日常は恋と友情と政争に彩られ……。〈宮廷青春小説〉開幕！
206298-6

各書目の下段の数字はISBNコードです。978－4－12が省略してあります。

さ-74-2
落　花　澤田瞳子
仁和寺僧・寛朝が東国で出会った、荒ぶる地の化身のようなもののふ。それはのちの謀反人・平将門だった。武士の世の胎動を描く傑作長篇！〈解説〉新井弘順
207153-7

た-58-21
さむらい道《みち》(上)　最上義光《よしあき》　表の合戦・奥の合戦　高橋義夫
山形の大守・最上義守の子として生まれ、父との確執、天童・白鳥・伊達氏らとの峻烈な内憂外患を乗り越え、名藩主として君臨した最上義光の実像に迫る！
206834-6

た-58-22
さむらい道(下)　最上義光　もうひとつの関ヶ原　高橋義夫
甥の伊達政宗との確執から、天下分け目の戦における上杉軍との死闘までを克明に描き、義光が追求した「さむらい道」の真髄に迫る著者渾身の歴史巨篇！
206835-3

つ-13-8
忍者月輪《がちりん》　津本　陽
こんな忍び、見たことない！　信長の村重討伐、毛利水軍との海戦、本願寺包囲、因幡乱入……そこにいつも無双の忍者・伝兵衛がいた。〈解説〉松木武彦
206310-5

な-46-6
幕末入門　中村彰彦
尊王・佐幕、攘夷・開国、攻守所を変え、二転三転する複雑怪奇な動乱の時代。混迷をきわめた幕末の政情をわかりやすく読み解いた恰好の入門書。
204888-1

な-46-7
落花は枝に還らずとも(上)　会津藩士・秋月悌次郎　中村彰彦
幕末の会津藩に、「日本一の学生」と呼ばれたサムライがいた。公用方として京で活躍する秋月は、薩摩と結び長州排除に成功するも、直後、謎の左遷に遭う……。
204960-4

な-46-8
落花は枝に還らずとも(下)　会津藩士・秋月悌次郎　中村彰彦
朝敵とされた会津を救うため、復帰した秋月に戊辰戦争の苦難が襲う。ラフカディオ・ハーンに「神のような人」と評されたサムライの物語。〈解説〉竹内　洋
204959-8

な-46-19
疾風に折れぬ花あり(上)　信玄息女　松姫の一生　中村彰彦
信玄の五女として生まれた松姫は、織田軍の侵攻による武田家滅亡の直前、かろうじて甲州を脱出した。非運に堪え凛然として生きた美貌の姫君の生涯を描く。
206925-1

な-46-20
疾風に折れぬ花あり（下） 信玄息女 松姫の一生
中村彰彦

髪を下ろした松姫は信松尼と名を改め、一族の菩提を弔いながら後半生を送り、やがて将軍家の若君の出生に立ち会う。史伝文芸の傑作。〈解説〉三角美冬

206926-8

ふ-18-1
旅路
藤原てい

戦後の超ベストセラー『流れる星は生きている』の著者が、三十年の後に、激しい試練に立ち向かって生きた人生を辿る感動の半生記。〈解説〉角田房子

201337-7

ふ-18-5
流れる星は生きている
藤原てい

昭和二十年八月、ソ連参戦の夜、夫と引き裂かれた妻と愛児三人の壮絶なる脱出行が始まった。敗戦下の苦難に耐えて生き抜いた一人の女性の厳粛な記録。

204063-2

ま-12-11
ミステリーの系譜
松本清張

一夜のうちに大量殺人を犯す「闇に駆ける猟銃」、継子の娘を殺し連れ子と「肉鍋を食う女」など、人間の異常に挑む、恐怖の物語集。〈解説〉権田萬治

200162-6

ま-12-25
黒い手帖
松本清張

戦後最大の大衆作家が、馴染み深い作品を例に取りながら「推理小説の発想」を語り、創作ノートを公開する。推理小説の舞台裏を明かす「推理随筆集」！〈解説〉権田萬治

204517-0

ま-12-29
古代史疑 増補新版
松本清張

邪馬台国をめぐる論争点を詳述し、独創的推理によって大胆な仮説を提示した清張古代史の記念碑的著作。当時随一の研究者との貴重なシンポジウムを初収録。

206364-8

み-10-20
沢庵
水上勉

江戸初期臨済宗の傑僧、沢庵。『東海和尚紀年録』などの資料を克明にたどりつつ、権力と仏法のはざまで生きた七十三年を描く。〈解説〉祖田浩一

202793-0

み-10-21
一休
水上勉

権力に抗し、教団を捨て、地獄の地平で痛憤の詩をうたい、盲目の森女との愛に惑溺した伝説の人一休の生涯を追跡する。谷崎賞受賞。〈解説〉中野孝次

202853-1

各書目の下段の数字はISBNコードです。978－4－12が省略してあります。

み-10-22
良　寛　水上　勉
寺僧の堕落を痛罵し破庵に独り乞食の生涯を果てた大愚良寛。真の宗教家の実像をすさまじい気魄で描き尽くした、水上文学の真髄。〈解説〉篠田一士
202890-6

も-26-2
美女いくさ　諸田玲子
信長の気性をうけつぎ「女弾正忠」と称された小督は、愛する夫と引き裂かれながらも、将軍家御台所として、戦国の世を逞しく生き抜く。〈解説〉中江有里
205360-1

も-26-3
花見ぬひまの　諸田玲子
幕末の嵐の中で、赤穂浪士討ち入りの陰で、女たちは生命を燃やした。高杉晋作の愛人おうの、二人を匿った野村望東尼……儚くも激しく、時代の流れに咲いた七つの恋。
206190-3

も-26-4
元禄お犬姫　諸田玲子
「生類憐みの令」のもと、犬をめぐる悪事・怪異が相次ぐ江戸の町。野犬猛犬狂犬、なんでもござれの「お犬姫」が、難事件に立ち向かう。〈解説〉安藤優一郎
207071-4

も-26-5
恋ほおずき　完全版　諸田玲子
浅草田原町の女医者。恋の痛みを癒すため、御法度の子堕ろしを手がける彼女は、あろうことかそれを取り締まる同心と恋に落ちてしまう。最終章を書き下ろし。
207158-2

も-26-6
ひと夜の恋　元禄お犬小屋異聞　諸田玲子
「生類憐みの令」のもと犬を収容する「御囲」に、「犬吉」と呼ばれる娘がいた。赤穂浪士が討ち入りを果たしたあくる夜、彼女の身に起きた運命の出来事を描く。
207223-7

や-32-5
北里柴三郎（上）　雷《ドンネル》と呼ばれた男　新装版　山崎光夫
念願のドイツ留学を果たした柴三郎。「細菌学の祖」コッホの下、世界で初めて破傷風菌の純粋培養を成功させる。近代日本医学の父の生涯を描いた伝記小説。
206747-9

や-32-6
北里柴三郎（下）　雷と呼ばれた男　新装版　山崎光夫
柴三郎は香港での命懸けの調査により、ペスト菌を発見する。一方、東大閥との争いから、自らが設立した伝染病研究所を失うことに——。〈解説〉大村　智
206748-6